D1588190

LE JEU DE LA MOUCHE ET DU HASARD

Catalogage avant publication de Bibliothèque et Archives Canada

Bouchard, Marjolaine, 1958-

Le Jeu de la mouche et du hasard

(Collection Atout; 117. Récit)
Pour les jeunes de 13 ans et plus.

ISBN 978-2-89428-970-9

I. Titre. II. Collection: Atout; 117. III. Collection: Atout. Récit.

PS8553.O774J48 2007   jC843'.54   C2007-940245-3
PS9553.O774J48 2007

Les Éditions Hurtubise HMH bénéficient du soutien financier
des institutions suivantes pour leurs activités d'édition:

– Conseil des Arts du Canada;
– Gouvernement du Canada par l'entremise du Programme d'aide
  au développement de l'industrie de l'édition (PADIÉ);
– Société de développement des entreprises culturelles du Québec
  (SODEC);
– Gouvernement du Québec par l'entremise du programme de
  crédit d'impôt pour l'édition de livres.

Éditrice jeunesse: Nathalie Savaria
Conception graphique: Mance Lanctôt
Illustration de la couverture: Stéphane Jorisch
Mise en page: Martel en-tête

© Copyright 2007
Éditions Hurtubise HMH ltée
Téléphone: (514) 523-1523 • Télécopieur: (514) 523-9969
www.hurtubisehmh.com

ISBN: 978-2-89428-970-9

Distribution en France
Librairie du Québec/D.N.M.
Téléphone: 01 43 54 49 02 • Télécopieur: 01 43 54 39 15
www.librairieduquebec.fr

Dépôt légal/2ᵉ trimestre 2007
Bibliothèque et Archives nationales du Québec
Bibliothèque et Archives du Canada

Imprimé en mars 2007 au Canada

J

12.95R
x

MARJOLAINE BOUCHARD

Rom. plus

LE JEU DE LA MOUCHE ET DU HASARD

ÉCOLE SECONDAIRE
DU CHÊNE-BLEU

225, boulevard Pincourt, Pincourt (Qué.) J7V 9T2

MARJOLAINE BOUCHARD

«*Le Jeu de la mouche et du hasard* a été écrit à partir de ma perception des adolescents de l'époque actuelle. En effet, mes enfants ont eu, ont et auront l'âge de Luc Jolicœur, héros de ce roman. Ses problèmes, mon fils les a vécus au cours de ses études secondaires. J'ai donc imaginé ce récit à partir d'expériences concrètes de la vie scolaire et familiale. Je l'ai construit pour démontrer que l'intelligence n'est pas un handicap. La sensibilité non plus. Du moins, elles ne devraient pas l'être. Surtout pas à 17 ans.»

Pour son entrée aux Éditions Hurtubise HMH, Marjolaine Bouchard publie *Le Jeu de la mouche et du hasard*, son sixième roman jeunesse.

À François

PROLOGUE

Travail d'éthique et de culture religieuse

Date : 25 mai

Enseignante : Madame Claire Bélanger

Nom de l'étudiant : Luc Jolicœur

Groupe : 501

Questions philosophiques et valeurs morales
Réponds aux questions suivantes selon ton propre système de valeurs morales.

Chère Madame Bélanger,

Vous excuserez le ton amer que prendront mes réponses à ce questionnaire conformiste qui, en fait, n'est qu'une conséquence des fluctuations de la courbe du mal de vivre qui anéantit complètement l'hémisphère droit du trognon de pomme que constitue notre cerveau corrompu.

Qui es-tu ?
Le descendant d'une mitochondrie de deux trillions d'années avant J.-C. Je m'appelle Luc et porte un numéro. J'emmerde tout le monde et je

suis prisonnier d'un étau qui m'oblige à composer ce texte qui se veut un recueil de pensées loufoques et d'idées turgides au milieu du magma bouillonnant de jeunes individualistes incompris, sans ouverture d'esprit, sans altérité, et qui se plaignent eux-mêmes du manque d'écoute dans une société de consommation anti-altruiste.

Selon toi, Dieu existe-t-il?

En fait, la valeur de l'existence de Dieu est directement proportionnelle au nombre d'humains qui croient en lui. Il est plutôt simple de créer une religion dont les adeptes sont des personnes qui ont un besoin absolu de croire pour orienter leur pensée. Mais, c'est bien connu: un jour ou l'autre, leur Dieu les quitte.

Est-ce que ton existence est importante?

Non, pas pour l'instant. L'importance d'une personne est liée au nombre de personnes qu'elle influence. Alors, cher lecteur, si tu n'es qu'un pauvre individu qui se fie à ces réponses inutiles pour sonder mon esprit, te voilà influencé et donc, me voilà plus important.

Pourquoi aimons-nous?

Parce que notre but est de procréer et, comme nos glandes thyroïde et hypophysaire ne cessent de sécréter des hormones qui rendent l'autre sexe désirable, nous nous retrouvons dans ce besoin de l'autre que l'on prend pour de l'amour.

Pourquoi vivre?

Parce qu'une forme d'énergie est canalisée dans les baudruches que sont nos corps voués à s'éteindre un jour. En fait, tout est dans notre tête: en théorie, la planète serait plus belle si les humains n'avaient jamais existé. Cependant, si vous êtes introverti comme moi, tentez de vous persuader que vous êtes nécessaire et... con.

Pour toi, quel sens prend la mort?

Faut-il le répéter, nous sommes des êtres inutiles, des volumes de rien, des échangeurs d'air qui dérangent l'atmosphère. La meilleure chose qui puisse arriver, c'est que nous retournions enfin à la terre pour y devenir des sulfures de potassium qui l'enrichiront.

Crois-tu que nous ayons besoin du regard de l'autre pour nous épanouir?

On ne peut pas penser, agir, exister uniquement par et pour nous-mêmes. Paraître... Habillez-vous comme des vedettes, si vous voulez, mais vous valez moins qu'une mouche. Demain, vous serez passé de mode, alors que la mouche, elle, sera toujours dans le vent.

Pourquoi avons-nous des sentiments?

Parce qu'on nous a imposé un système de valeurs tout au long de notre éducation. Qu'on se rappelle: les enfants sont souvent qualifiés de «méchants» parce qu'ils sont amoraux. J'aurais aimé en être resté là.

1

CHÈRE JOËLLE

Avant tout le monde, Luc remet son texte à Mme Bélanger et retourne à sa place pendant qu'elle en entreprend la lecture. Pourvu qu'elle s'amuse un peu et qu'elle y voit plus d'humour que de cynisme! Comme il reste une quinzaine de minutes à tuer avant la fin du cours, Luc installe ses petits écouteurs discrètement et écrit dans son journal:

Chère Joëlle,

Tu te souviens, l'été de mes deux ans, maman et toi semiez au jardin. Maman ne voulait pas que je vous aide; j'étais trop petit. Trop petit et si jaloux! Pour ne pas entendre les « Non, touche pas! » de maman, j'ai utilisé ma fâcheuse habitude, celle d'entrer de minuscules objets dans mes oreilles. Les graines de fève me paraissaient parfaites et j'en ai donc introduit une jusqu'au tympan. Je me souviens encore de la douleur. Maman a tenté toutes sortes de trucs pour retirer la semence lisse et ovoïde de là, mais son ingéniosité n'a réussi qu'à enfouir la fève encore plus profondément, ce qui, chaque fois qu'on la touchait, me faisait hurler. La solution ultime : une visite à l'hôpital. Moi, je me sentais soudain tout important, le centre des préoccupations, comme le gagnant d'un jeu-questionnaire télévisé. Félicitations, Monsieur ! Vous avez gagné une soirée à l'urgence, toutes dépenses payées, télévision câblée, machines distributrices de cochonneries et compagnie toute la nuit…

En arrivant à l'hôpital, une belle dame, derrière une vitre percée d'un trou rond, nous a adressé la parole par l'ouverture. Puis, nous sommes allés nous asseoir dans une salle où attendaient pas mal de gens aux airs tristes. Maman a soupiré : « Ça va être long. » Pas grave, quand même, assis tranquille sur maman, je pouvais regarder la télévision. Il y avait des dessins animés que je n'avais jamais vus.

Tant que je ne bougeais pas la tête, j'oubliais presque la fève dans mon oreille. Mais à un moment donné, une dame a changé le poste de la télé sans me demander la permission. Je me suis tourné vers la dame pour lui dire qu'elle n'était pas polie. Maman a voulu me retenir et ma tête a pivoté trop vite ; la fève s'est enfoncée un peu sur le tympan et me voilà parti à brailler fort et sans arrêt, bien plus de frustration que de douleur. Tout le monde était exaspéré de m'entendre. Moi, j'avais décidé de ne pas m'arrêter. Ça faisait cinq bonnes minutes que je m'égosillais comme ça. Les gens me regardaient en soupirant, les yeux fâchés. Maman s'est levée, me tenant dans ses bras, elle arpentait le corridor et essayait de me distraire avec les affiches au mur, l'extincteur, la tuyauterie, la fontaine... n'importe quoi. Quand elle a été fatiguée, elle est retournée s'asseoir. Alors, il est arrivé un miracle. Une porte s'est entrouverte, une infirmière a passé la tête en disant : « C'est votre beau petit blond qui pleure comme ça ? Nous allons le faire passer tout de suite. » Derrière son masque angélique, je pouvais deviner ce qu'elle pensait : « Y est donc bien énervant, ce petit morveux, à nous casser les oreilles de même ! » Bof ! Moi, je voulais maintenant m'en retourner chez nous et mon truc avait marché. Le docteur a réussi à enlever la fève. Malgré tout, cet incident ne m'a pas empêché par la suite de continuer à me boucher mes oreilles. Pour ne plus entendre crier, ne plus entendre les rumeurs. Quand j'enfonce mes doigts dans les oreilles, j'entends un grondement de vent, mes propres bruits, ça m'apaise.

Luc sursaute au son de la cloche. La journée est terminée. Il rentre chez lui où, après le souper, il s'isole dans sa chambre pour écrire encore. Cependant, une mouche ne cesse de bourdonner et de frapper sa tête contre les murs. Puis, comme une hystérique, dépourvue de rythme, elle se prend pour une maille de tambour dans l'abat-jour. Cela énerve et déconcentre Luc.

PAF! Avec une liasse de feuilles roulées, il l'écrase sur le mur jaune maïs où elle laisse un motif mou. Dehors, les grenouilles chantent. Leurs sempiternelles stridulations sont bien plus agréables que le vrombissement capricieux des petites ailes. Il accorde sa grâce aux grenouilles, pas aux mouches. Il prend plaisir à les écrabouiller, il aime le bruit sec du corps qu'on broie du bout des doigts, comme une croustille qu'on émiette, il savoure l'impression de toute-puissance alors éprouvée lorsqu'il tue ces misérables insectes qui se retrouvent dans sa chambre au mauvais moment... Après tout, il y a tellement de mouches! Bon débarras et retour à l'ordinateur. Qui pourrait en vouloir à quelqu'un de trucider une mouche? Qui pourrait prétendre que ce meurtre gratuit peut changer le destin?

Luc se passe une main dans les cheveux pour chasser ses pensées chaotiques. En cette fin mai, bien d'autres tracas l'assaillent. Une fin d'année dans les règles: des montagnes de travaux à terminer, les examens de physique, de chimie et de mathématiques en file. En plus, ce soir, il doit terminer les textes du spectacle de théâtre qui sera présenté à l'école dans deux semaines. Sans compter l'équipe d'improvisation qu'il faut motiver sans relâche parce que flamme et confiance ont abandonné le camp pour l'affrontement final. Son agenda est plein ; sa pile, à plat. Rien ne doit paraître.

Il fait frais et sombre dehors, fin seul dedans. Ce soir, la famille est partie au marais des Brumes observer la migration nocturne des salamandres. Drôle d'idée !

Plus insistant maintenant, l'appel des grenouilles traverse la fenêtre ouverte. La saison des amours pour elles, seulement pour elles. Quant à lui… Il s'immobilise, écoute. Comment ces minuscules Pavarotti de marécage peuvent-ils émettre plus de décibels qu'un ampli de cinquante watts ? Les générations de grenouilles aux voix de stentor sont sûrement assurées depuis des lunes, puisque les femelles choisissent toujours les mâles qui coassent le plus fort. Un peu comme chez les humains. Luc a l'impression que les femmes préfèrent le type sportif, bien musclé, belle voiture et plutôt vantard.

Le vent fait valser les rideaux. Pourquoi et comment Luc peut-il être sensible aux plis mouvants d'un rideau, aux chants des grenouilles, aux ondulations d'une chenille sur une feuille, aux jeux de sa petite sœur? Pourquoi le chant des rainettes crucifères provoque-t-il chez lui cet étrange effet? Mieux vaut cacher aux amis cette sensiblerie, question de survie.

L'écran de l'ordinateur disparaît, reparaît et disparaît encore, suivant le mouvement lourd de ses paupières. Il ne faut pas dormir… Puis, c'est la tête de Luc qui tombe vers l'avant et se relève par intervalle. Il ne faut pas dormir… Il pique du nez sur le clavier, avec lenteur, comme un pic-bois au ralenti. Il va dormir.

Paupières closes, cerveau gauche engourdi, l'hémisphère droit se met à rêver. Un pic-bois perce de son bec le ventre d'une grenouille qui y reste accrochée. Tout à coup, le bec s'allonge, se galvanise et devient une épée au bout de laquelle gigote toujours la grenouille. Puis, le pic-bois se métamorphose en un type musclé brandissant maintenant l'épée: c'est Charles Martineau, le champion provincial de BMX, vedette de l'école, idole des filles. Triomphateur, il crie: «Qui donc aime les chanteurs ventrus à petites cuisses?» À l'agonie, le batracien lutte encore pour sa vie. Luc tente de sauter pour arracher l'épée; autant demander à un ornithorynque de voler. Il essaie de courir pour arrêter

Martineau, mais ses pieds s'enlisent. Il voudrait crier, silence.

Quelque chose frôle alors sa nuque, un doux tissu, la robe diaphane d'une jeune femme aux cheveux blonds, à la peau crémeuse, la fée velours. Elle l'enveloppe de ses voiles qu'elle parsèmera peut-être de ses baisers coquelicot. Il espère et attend longtemps ce moment, mais il ne sent que l'effleurement soyeux du tissu sur sa peau. Il aimerait tant qu'elle le touche, la toucher à son tour, toucher sa poitrine blanche sous le crêpe transparent. « Non, non ! Pas touche ! » crie Martineau, agitant la grenouille empalée sur l'épée devant les yeux épouvantés de la jeune femme qui s'enfuit, le visage dans les mains.

Les rideaux chatouillent le cou de Luc. Il ouvre les yeux et relève vite la tête. Encore un de ces foutus cauchemars ! Voilà qu'il dort alors qu'il lui faut écrire... écrire encore trois scènes pendant que le chant des grenouilles enfle dans la ravine, comme sous l'effet d'un soufflet.

Les voilages ondoient avec un effet hypnotique. Dans la rue, deux ou trois piétons discutent, rient, passent. Luc tente en vain de pondre les prochaines répliques. Il a le cerveau lourd, les doigts gourds. Ses mains cherchent un peu de chaleur entre le siège et ses cuisses. Puis dans l'entrecuisse, c'est plus chaud, une fournaise inépuisable. Les mots de sa mère, plusieurs fois répétés au cours de l'enfance: «Touche pas à ton bijou! Cache ça!» Lui, il aime toucher ça, la finesse de la peau à l'abri dans la chaude moiteur. À travers le rideau, Luc essaie de faire revenir l'image sensuelle de la fée velours. Impossible, l'imagerie mentale est en rade. Pour vite contrer cette panne, il tire de sous sa bibliothèque le vieux calendrier du garage Gagnon Auto qui, au lieu de présenter des modèles de voitures, affiche une série de femmes très peu frileuses, dans des décors et des positions qui n'ont rien à voir avec la mécanique automobile. Voilà des images inspiratrices.

À travers l'ouverture du manteau de vison de mademoiselle Janvier, on voit l'échancrure d'une poitrine dorée, galbée à souhait. Mademoiselle Février porte une culotte si fine qu'on pourrait la ranger dans un dé à coudre. Mois des frissons délicieux. La belle demoiselle Mars, avec beaucoup de classe, porte uniquement des bijoux; Avril est étendue nue dans les crocus. On devine les trois trésors foncés de Mai sous son voile translucide et la croupe arrondie de Juin sous une jupette sûrement achetée au Coin des Petits.

18

Mois des soupirs. Juillet, août, chaleurs torrides. Les mois de septembre, octobre et novembre présentent des modèles installés confortablement près d'un feu de foyer ou sur un lit de feuilles mortes.

Sans doute parce qu'elle ressemble un peu à la belle étudiante du cours d'éthique et culture religieuse, c'est mademoiselle Décembre, tout sourire, avec ses longues jambes et ses bottes de fourrure blanche, qui a sa préférence, qui provoque la vague déferlante, les chocs électriques, la grande extase. Volupté! Content de lui, cette fois, car il a réussi à tenir toute l'année. Quel bien-être! Pour un temps, peut-être, plus de tension. L'énergie circule mieux maintenant, les pôles de sa pile sont réorientés en bonne position, il en est sûr.

Que serait-ce avec une amoureuse qu'il pourrait enlacer? Il rêve du jour où sa fée velours lui touchera enfin l'âme, le cœur, le corps, la tête, le bras... juste le bras, est-ce trop demander? Pour l'instant, il n'ose encore lui parler de façon intime de peur d'être éconduit. Elle est si froide; une fée de glace.

Il est encore tout affairé à récupérer le tsunami dans les petits mouchoirs quand, soudain, par la fenêtre aux rideaux entrouverts, des gloussements: deux fillettes dehors l'observent. Les jumelles Simard. Depuis quand sont-elles là ? Qu'ont-elles vu, au juste ? Il se dépêche d'éteindre la lumière, se dissimule dans le coin, derrière un pan de la draperie. L'une pointe le doigt en direction de sa fenêtre. Elles discutent tout bas, dodelinent de la tête, puis s'en vont. En parleront-elles à leurs parents ? Ceux-ci alerteront-ils la police ? L'accusera-t-on d'exhibitionnisme, de perversion ? Encore une fois, il amorce une montée dramatique vers les pires scénarios. Il doit se calmer, cesser de dramatiser, prendre la vie avec humour, comme le lui a si souvent suggéré le thérapeute de l'école. Heureusement, avant de s'imaginer en maison de correction, il se ressaisit en se disant que si on mettait en prison tous ceux qui se masturbent, qui serait leur geôlier ?

Quand, un peu plus tard, la famille rentre d'expédition, Luc entend le pas de course de sa petite sœur qui grimpe les escaliers quatre à quatre pour se diriger vers sa chambre. Il a tout juste le temps de faire valser l'inspirant calendrier sous le lit.

Les joues rouges et l'odeur d'herbe neuve collée dans les cheveux, Magali jubile. Oubliant ses bottes bien garnies, elle saute au cou de Luc, imprimant des motifs terreux sur son pantalon beige. Se fichant de son pantalon,

Luc serre très fort l'enfant contre lui pour mieux sentir les battements du cœur, l'excitation du petit corps. Mais vite, Magali se dégage de l'étreinte et dit, encore haletante :

— Luc! Luc! Tu ne sais pas ce que j'ai trouvé dans le marais!

— Qu'est-ce que c'est, Mag? Un autre caillou magique? La princesse grenouille? Attends, laisse-moi deviner… Le monstre du loch Ness?

Magali éclate de rire en secouant la tête; mouvement qui fait danser ses deux tresses.

— Non, mais non. Je vais te donner des indices, ricane-t-elle. C'est long, ça gigote et ça sent mauvais quand on y touche.

Beuh! Une seule idée vient à Luc, nulle et ridicule pour sa pauvre petite sœur. Il préfère s'abstenir.

— Je donne ma langue au chat!

— Viens voir. C'est formidable! Elle nageait sur l'eau, en faisant des tortillons, des zigzags. Elle est si belle. Papa dit qu'il va me prêter son vieil aquarium. On va lui faire une maison dedans. Regarde, mais fais attention…

Elle ouvre délicatement un sac de toile au fond duquel se tortille un énorme cordon sombre. Ça pue! Luc aperçoit bientôt deux

21

petites billes noires qui le fixent et une langue muette, un Y rouge qui bouge tout le temps.

— C'est une couleuvre à collier. Je l'ai appelée Coquine, confie Magali, aux anges.

Trop tard, l'animal porte un nom. Après les escargots, les vers de terre, les grillons, les mouches et les araignées, voilà maintenant qu'un nouveau membre s'ajoute à la famille : une couleuvre ! Et combien de petites pierres tombales se sont accumulées depuis, au fond du jardin ? C'est que Magali s'éprend de toutes les bestioles sans poil puisqu'elle ne peut garder de bêtes velues à la maison, à cause des allergies de papa. Malgré l'heure tardive et ses travaux inachevés, Luc se transforme en homme à tout faire pour sortir des catacombes, nettoyer, bricoler, décorer et métamorphoser le vieil aquarium en un paradis semi-aquatique destiné à Coquine. Il installe la cage de verre remplie d'une jungle miniature sur une table basse, dans la chambre de Magali. Que ne ferait-il pas pour le bonheur de sa sœur ? La pauvre petite a dû s'endormir en comptant les éclairs rouges de la langue.

Après cet intermède, il tente de poursuivre l'écriture de la pièce de théâtre, mais rien ne vient. Alors, il ferme l'ordinateur et reprend son journal et son stylo.

Chère Joëlle,

Je n'ai plus de jus, plus d'idée. Le vide. Rassure-toi, ça ne durera pas. Je n'oublie pas ma promesse : vivre pour deux. Je m'occupe de Magali comme tu l'aurais fait. Je poursuis seul les projets dont nous avions rêvé à deux têtes, je ferai deux journées en une, s'il le faut, et j'irai chercher la médaille de la gouverneure générale du Canada, celle dont tu rêvais dès le secondaire deux.

L'an dernier, le psychologue de l'école me l'a répété souvent : « Il faut que tu arrives à vivre par et pour toi-même, à te convaincre qu'un futur existe pour Luc Jolicœur, un futur où Joëlle n'est plus. » Il avait parlé d'âmes sœurs, de liens comme on en observe parfois chez les jumeaux et qu'il fallait beaucoup de temps pour les dissoudre… Moi, je sais qu'il s'agit d'un autre type de lien, que ce lien perdurera au-delà de la mort, que rien ne peut le rompre. Tu étais et demeures ma grande motivation ; une partie de moi-même. Pourvu que tu me pardonnes là où tu es.

Bonne nuit.

Comme il n'arrive pas à trouver le sommeil, Luc enfonce ses écouteurs dans ses oreilles, prend, au hasard dans sa bibliothèque, une BD déjà lue plusieurs fois. Maintenant, celle-ci l'ennuie, pire, le révolte : pourquoi les Tintin, Spirou, Astérix, Gaston

Lagaffe, Lucky Luke et compagnie, ces héros qui ont accompagné ses années de secondaire, sont-ils dépourvus de sexualité? Pourquoi l'amour leur fait-il toujours défaut? Ni mâle ni femelle, ils sont plutôt des espèces de mutants, des «neutres». Le plus viril serait encore le capitaine Haddock, avec sa grosse barbe, ses défauts, ses colères, ses roupillons, sa bouteille et, surtout, sa passion pour la mer et les bateaux. Mais encore, il dénigre les femmes et n'a d'amitié que pour son cher Tintin. Un peu après minuit, un sommeil tourmenté a finalement raison de ses remous cervicaux. Luc rêve encore de Joëlle. Elle lui montre la blessure qu'elle a au flanc en disant que ce n'est pas ce qui fait le plus mal. Il lui demande ce qui est le plus douloureux.

— Je n'ai pas besoin de te le dire. Tu le sais, toi.

Le lendemain matin, des cernes sous les yeux, Luc se rend à son premier cours du lundi: éthique et culture religieuse. Il s'installe à sa place, dans le brouhaha de la classe, et, fidèle à son habitude, se cantonne en mode spectateur-analyste. Ce matin, il observe Mme Bélanger. Elle a revêtu son bustier noir, celui qui attire le regard des garçons. Par-dessus, elle a enfilé une blouse en mousseline que le moindre souffle fait onduler. Sur son visage, elle a appliqué du fond de teint pour cacher les ridules, du masque-cernes pour effacer sa trop courte nuit, du rouge sur ses joues, une ligne de crayon autour des yeux, un peu de fard à paupières, du mascara… Belle mascarade. Bien sûr, elle a enfilé son humeur massacrante. Luc le devine : cette femme est en plein divorce.

Elle s'est peut-être battue avec la brosse à cheveux pour tenter de cacher les mèches d'un hiver trop hâtif que la teinture ne couvre déjà plus. Gris argent, ambre gris, ambre jaune. Elle n'a pas oublié le parfum ni les bijoux.

Les étudiants indifférents chahutent en chuchotant. Luc, lui, observe attentivement Mme Bélanger. Elle prend son trousseau de clés et le lance avec grand fracas sur la table. Silence dans la classe. Lentement, Mme Bélanger lève les yeux pour fixer les élèves. Malgré sa détresse, elle sourit.

— Bonjour, tout le monde !

Commence alors un ballet sur la pointe des mots. Quand Mme Bélanger ouvre la bouche, les paroles coulent, claires et continues, comme l'eau d'un robinet. C'est formidable ! Luc admire cette force morale et cette femme avant-gardiste qui a osé introduire le cours d'éthique et de culture religieuse en secondaire cinq avant même l'arrivée de la réforme. Elle expérimente.

Aujourd'hui, pour initier les étudiants à un peu de philosophie, elle propose l'élaboration d'un travail final sur Aristote, en équipe de trois. La tactique, c'est bien connu, c'est qu'elle aura trois fois moins de correction que pour des travaux individuels. Luc sait à quoi s'attendre : un travail d'équipe signifie qu'il devra se taper seul toute la tâche, surtout en éthique — cette matière boudée par la majorité des troupes — et la note sera quand même équitable pour chaque membre. Et comment se passeront les séances de travail ? Les autres feront semblant de bosser, se raconteront leur dernière brosse, déblatéreront sur le nombril percé de Claudia qui fait une infection, sur la mèche rouge de Yannick non appareillée à son chandail, sur les nouvelles lunettes à petites montures de Patrick qui lui donnent l'allure — mais juste l'allure — d'un intellectuel... Belle philosophie ! Quelle injustice ! Déjà, des yeux de vautours et des sourires avides se tournent vers lui. Le voilà bien populaire, tout à coup ! Il baisse les yeux. Il voudrait disparaître ou faire équipe seul. Il pose les mains sur ses oreilles pour entendre le bruit sourd du vent ou d'un torrent. Il observe.

Plus le ton monte dans la classe, plus Luc appuie fort sur ses oreilles. Visiblement, les étudiants ont du mal à former les équipes et Mme Bélanger s'impatiente. Pour mettre fin à la cabale, elle tire les équipes au sort. Que réserve Dame Chance à Luc aujourd'hui alors que la seule fortune qui lui a souri jusqu'à maintenant est celle qu'il s'est construite lui-même? Autrement, le sort et son ironie l'ont toujours nargué de leurs grimaces. «Chasse l'ombre... Pense positif!» lui dirait Joëlle. Positif, ce serait d'être le coéquipier de la jeune fille mystérieuse, de pouvoir plonger dans ses yeux brillants pour percer avec elle la pensée d'Aristote.

Mme Bélanger a placé les noms dans une boîte d'où elle les tire un à un pour dresser ensuite la liste des équipes. Luc ouvre grand les yeux et des oreilles incrédules. Un sorcier a-t-il tenu au fond de la boîte les trois derniers noms qu'énumère en souriant Mme Bélanger : Charles Martineau, Luc Jolicœur et... Mireille Champagne, la belle étudiante? Il bénit l'ironie du sort, la pensée positive et le merveilleux hasard : elle fera partie de son équipe ; il pourra lui parler

27

aisément. Quant à Martineau, meilleur en sport qu'en philo, il fera un bon pion.

Les épaules carrées, le dos droit, son cartable dans une main, l'autre dans sa poche, le crayon sur l'oreille, Martineau s'approche avec aisance. Lui, il se rase la barbe depuis deux ans sûrement, un grand gaillard, bien musclé, le teint basané toute l'année, toujours vêtu de fringues griffées, aux couleurs savamment assorties, complétées par un parfum Swiss Army qui étourdit les filles. Son problème, trop de filles... Un brin vantard, sa démarche, son sourire, son regard font de lui le parfait crâneur, poussant parfois la vanité et l'arrogance jusqu'au mensonge. Il veut tellement bien paraître qu'il traîne toujours sur lui son peigne pour se recoiffer à tout moment, avec ce petit geste juste un peu dérangeant. Plus jeune, si Luc avait la joie d'annoncer qu'on lui avait offert en cadeau un Gameboy, Martineau, avec un soupçon d'indifférence d'où pointait de la jalousie, lui disait en avoir trois, plus performants encore, trois Gameboy que jamais Luc n'avait eu la possibilité de manipuler car, étrangement, soit Martineau les avait prêtés, soit ils étaient perdus ou échangés. Mais Martineau est son ami, le seul sans doute qui l'apprécie mieux qu'il ne le fait lui-même.

Après les explications d'usage du professeur, les trois étudiants s'installent à la même table. Une onde traverse le ventre de Luc. Martineau a un sourire narquois ; leur équipière, un sourire froid. Elle prend la parole et propose d'aborder le travail en considérant la conception aristotélicienne de la Nature dans sa finalité.

Martineau a les yeux ronds d'un chat accroupi au-dessus d'un petit trou creusé dans un jardin. Pour gagner du temps et cacher son incompréhension, il demande candidement :

— Qu'est-ce que tu veux dire par là ?

Une seconde passe, Aristote doit se retourner dans sa tombe en même temps que les trois étapes de réflexions qui tournent dans le cerveau de Luc. Ce soir, c'est promis, il lit tout sur Aristote pour impressionner plus tard la brillante jeune fille. Pour l'instant, un chat dans la gorge l'empêche de parler. Chasser le chat, chasser l'ombre, vite ; le deux de pique, ce ne sera pas lui. Il s'empresse d'expliquer :

— Elle parle sûrement du principe d'Aristote qui veut que chaque être est organisé et tend vers sa per-fec-tion…

Il prononce la phrase en la fixant, elle, droit dans les yeux. Il détache lentement les syllabes du dernier mot, le prononce avec son plus beau sourire pour l'honorer. Elle lui semble l'exemple parfait de ce principe. Cependant, elle cherche le regard de Martineau à qui elle sourit poliment. Celui-là réplique de verte façon :

— Luc, lui, tend tellement vers la perfection qu'il doit sûrement lire les dictionnaires et les encyclopédies avant de s'endormir.

Et on appelle ça un ami ? Pourquoi l'attaque-t-il de la sorte ? Elle s'esclaffe. À la guerre comme à la guerre ! Le deux de pique, ce sera Martineau !

— Mieux vaut lire le dictionnaire que se vautrer devant les revues pornos tous les soirs ! répond Luc en le visant personnellement, sachant très bien que Martineau consomme régulièrement ce genre de littérature.

Mireille regarde Martineau avec des yeux inquisiteurs. Le coup porte d'autant plus qu'elle a participé la semaine dernière à un débat oratoire où elle s'insurgeait contre la propagande constante et croissante de l'image de la femme-objet, de l'exploitation du corps féminin, de plus en plus jeune, comme dans une foire à la chair. Elle était révoltée de voir des fillettes de dix ans vêtues comme des prostituées. Elle s'indignait du « culte des trois C: le corps, le cul, le *cash*». Lors du fameux débat, Luc, en bon opportuniste, s'était bien sûr rangé du côté de la belle, adhésion qui, espérait-il, lui vaudrait une hausse de sa cote en bourse. Au tour de Martineau maintenant d'avoir le chat accroché aux cordes vocales. Luc a marqué un point. Voilà que Martineau, surpris et mal à l'aise, consulte le dictionnaire sous la rubrique *Aristote*, griffonne de vagues notes dans son cahier:

— Faudrait peut-être commencer si on veut finir un jour!

Le soir même, Luc s'isole dans sa chambre, avec Internet, fenêtres grandes ouvertes. Il surfe sur la philosophie grecque pour accoster dans les replis de la barbe et de la pensée d'Aristote. Après trois heures, les yeux rouges, la tête pleine de syllogismes, il se couche sans avoir touché à la physique ni aux maths. Il ferme les yeux en pensant à sa fée velours qu'il veut émouvoir demain, à elle, sa lumière, elle, la femme d'or, la double merveille, tête et corps. Dehors, les grenouilles s'égosillent de plus en plus fort.

Ce sont les pleurs de Mag qui le réveillent le lendemain matin. Panique générale! Coquine a déserté son merveilleux écosystème!

Maman, que l'horreur et l'empressement du matin agitent comme un drapeau au grand vent, s'écrie :

— Mais où est-elle, cette vermine ? Je le savais bien qu'elle nous causerait du trouble ! Et si elle se retrouve dans ma chaussure ?

Mag pleurniche en préparant son sac à dos pour l'école. Luc essaie de la consoler :

— Avec tes larmes, tu vas mettre de l'eau salée partout. Les couleuvres ont horreur du sel. Cesse de pleurer… elle va revenir.

Maman est furieuse contre papa :

— C'est ta faute ! Tu parles d'une idée : garder une couleuvre à la maison !

Tant bien que mal, papa tente de la rassurer :

— Je fouillerai partout ce soir, je la retrouverai, c'est certain !

La famille quitte la maison que gardera une couleuvre : hypocrite et perverse créature qui, sans qu'on le soupçonne, à l'instar d'une mouche qu'on écrase sur le mur, a le pouvoir de changer le cours d'une vie.

2

POUSSIÈRE DE LUTIN

À l'école, le reptile est vite oublié, alors qu'assis dans sa bulle, pendant la pause de l'avant-midi, Luc abandonne sa lecture un bref instant pour l'apercevoir, par hasard. Est-ce vraiment par hasard? Elle lui plaît avec son style glamoureux, sa démarche assurée, sa coiffure en cascades de boucles, ses yeux déroutants, ses sourcils que relèvent sans cesse la curiosité et la vivacité d'esprit. Celle-là, elle a une tête sur des épaules où Luc aimerait bien poser la sienne de temps en temps. Aborder une fille, quelle démarche complexe! En comparaison, retranscrire en pleine obscurité la pierre de Rosette en gravant avec la bouche les hiéroglyphes et l'alphabet grec serait un jeu d'enfant. Or, il faut actuellement que Luc affiche un vague désintérêt envers elle et qu'en même temps il lui montre qu'elle lui plaît, mais pas trop... Il a lu ça quelque part. Alors, doigté, diplomatie et finesse sont les meilleurs atouts. Il prend un air désinvolte:

— Ah! tiens. Bonjour, Mireille.

Elle réagit avec enthousiasme. Elle est contente de le voir là car elle voulait justement lui parler de ses trouvailles pour le travail en éthique. Elle lui demande s'il a un peu de temps aujourd'hui.

Luc aurait le goût de lui répondre : « N'importe quand, belle Merveille ! Pour toi, j'ai tout le temps. Tout de suite, si tu veux ! » mais il garde un air distant, feint une réflexion profonde, simule un moment d'hésitation et consulte son agenda. Elle insiste, impatiente ou empressée, pour qu'il vienne tout de suite. Pendant la pause, ils auront le temps. Cela ne prendra que cinq minutes.

Quand même, Luc ne veut pas obéir au doigt et à l'œil. Que le sage Aristote lui serve de guide ! Une seconde, le temps pour le vieux philosophe de se retourner encore dans sa tombe, et ça turbine dans la tête de Luc. Il répond :

— Tous les jours sont suivis d'une nuit.

Tu es le jour.

Je te suis.

Elle rit. Luc jubile intérieurement. Elle amorce le geste de donner un petit coup de coude, mais s'arrête net. Elle a failli le toucher. Puis elle remue les lèvres pour murmurer les derniers mots de Luc et conclut que l'influence d'Aristote le fait maintenant s'exprimer en syllogismes.

Touché au cœur de l'esprit! À présent, attention à la stratégie: jouer la carte de l'humilité, sans prétention aucune.

— Bof! C'est une déformation de joueur d'impro. Je cherche toujours des jeux de mots…

Elle se rembrunit et le met en garde. Quand même, des jeux de mots comme celui-là pourraient passer pour du harcèlement.

Quoi! Du harcèlement! Là, vraiment, Luc avale une douzaine de couleuvres. Comment peut-on prêter à un gars de pareilles intentions pour un simple mot d'esprit? Quelle injustice! Si un homme complimente de façon spirituelle, on l'accuse de harcèlement. S'il a le malheur de fixer l'échancrure d'un décolleté plein à craquer, il se fait traiter de voyeur. S'il ose dire à une fille qu'elle a de beaux yeux, il est pervers. S'il l'invite au cinéma, il est vicieux. S'il lui demande de venir prendre un verre, il est dépravé. Pour une crème glacée, il est trop fleur bleue, ou rose, ou nanan… et quoi encore! Déroute et confusion totale! Séduire, que c'est compliqué! Luc se ressaisit. Surtout, rester calme et user de la tactique du tango: avance, recule. Et reculer.

— Oh! Sans vouloir te viser personnellement… c'était juste une réplique que j'ai
servie l'autre jour dans une poétique d'impro. Allez, fais voir rapidement tes trucs, j'ai
des maths dans dix minutes. Je suis un peu
pressé, lui dit-il en soupirant.

Elle baisse les yeux et porte tout à coup
un intérêt soutenu au motif du terrazzo. Tout
bas, elle confesse qu'elle a la mauvaise habitude de réagir un peu vivement aux répliques
désobligeantes et vexantes, de toujours se
méfier.

Quand elle se penche sur la table pour
consulter la grande encyclopédie, Luc observe
en catimini le galbe de sa poitrine par l'ouverture de la blouse. Ah! Le terrible effet qu'a
sur lui le chemisier à peine entrouvert. Les
grandes pensées philosophiques prennent
alors dans sa tête une tournure qui ferait
rougir Socrate, Platon et Aristote. Quand le
cheval s'emballe, charrette et maître dévalent
sur la pente et voilà que la concentration est
dangereusement perturbée. Mieux vaut rester dans la tête.

La pause se termine sans qu'ils aient eu
le temps d'établir le plan dans toutes ses
parties. Mireille prend ce travail très à cœur;
la philosophie est son domaine de prédilec-
tion. À défaut de devenir philosophe, elle

veut, à tout le moins, devenir professeur de philo. Est-elle toujours dans ses livres? Lui arrive-t-il de sortir, le soir?

Au moment même où Luc se pose ces questions, elle demande s'ils peuvent se voir en dehors des cours et s'il est disponible en soirée. Ça trépigne en Luc, au niveau du cœur, du ventre aussi. Ce soir, il s'exerce avec son équipe d'improvisation. Pour faire important, il consulte encore son agenda.

— Impossible, ce soir! Par contre, demain, ça pourrait aller, mais Martineau a du soccer...

Elle répond exactement ce que Luc rêve d'entendre: qu'ils pourraient commencer sans Martineau et lui présenter après coup l'ébauche du plan. Martineau sera même content d'avoir évité cette étape plus abstraite.

Plutôt satisfait de la tournure des événements, Luc l'invite chez lui le lendemain soir pour lui montrer le résultat de ses recherches sur le Net et établir le choix des thèmes à traiter. Derrière cette pieuse intention, il essaie de se convaincre que sa planification s'arrêtera là et se promet de chasser toute pensée plus voluptueuse. De sa vie, Luc ne se souvient pas d'avoir eu si hâte de faire un devoir en équipe. Comment pourra-t-il combler la journée et demie qui le sépare de l'insigne événement? Trente heures au cours desquelles l'horloge ralentit alors que son cœur s'emballe. Il tente par tous les moyens de meubler le temps, de se tenir occupé. Le soir, après l'impro, il entreprend même le grand ménage de sa chambre.

Enfin, le jeudi après-midi, à la fin des cours, Luc et Mireille prennent le même autobus pour une destination commune. Par galanterie, Luc fait monter la jeune fille en premier et la suit pas à pas. Avec grande fierté, il flotte dans le sillon que laisse le parfum de la belle dans l'allée du véhicule. Il observe la jupe ajustée aux fesses, mais dont le bas, garni d'un volant léger, danse à chaque pas. Elle porte un chandail sans manches, à motifs rose, bleu pâle et gris. Avec ses cheveux blonds bouclés, qu'elle porte dénoués aujourd'hui, elle fait grande impression auprès des étudiants dans l'autobus. Silence quand elle passe, mais que de regards investigateurs! Luc s'assoit près d'elle; si près que leurs cuisses se frôlent. Déjà, elle ouvre un cartable, elle cite les bons vieux philosophes grecs et, avec passion, elle parle de la lente mais merveilleuse évolution de la pensée humaine. Le moindre mouvement de ses lèvres est gracieux quand elle parle. Ouf! Quel effet provoque cette fille sur Luc! Il a l'impression d'avoir été toute sa vie une éponge oubliée dans le désert et qui, tout à coup, flotterait sur une mer sans fin.

Une fois à la maison, il présente sa coéquipière à la famille. Tout se passe comme il l'espère, sans commentaire ou interrogation gênante du genre : « Est-ce que c'est ta petite amie ? » Mag saute comme une grenouille autour de la table. Depuis hier, elle a retrouvé sa joie de vivre : papa a récupéré sa couleuvre, bien vivante, mais un peu poussiéreuse, derrière la sécheuse. De son côté, maman reste silencieuse et tourne à tout moment une mèche de ses cheveux entre l'index et le majeur, un tic qui traduit son anxiété. Après le souper, elle prend Luc à part :

— Il faut absolument que je te parle en privé ce soir…

Qu'est-ce qu'elle peut avoir comme inquiétude, encore ? Depuis le départ de Joëlle, maman a beaucoup changé, elle s'en fait maintenant pour des peccadilles, parfois, ça devient gênant. Mais Luc ferait n'importe quoi pour épargner ses nerfs qu'elle a si fragiles. À moins que les parents des petites Simard aient téléphoné ? Pour l'instant, il faut à tout prix garder son invitée en dehors de ces histoires de famille. Sous un masque tout sourire, Luc répond avec calme :

— D'accord, maman, nous arrangerons ça plus tard.

Il emmène la demoiselle vers sa chambre, lui ouvre la porte pour la faire passer en premier, se penche galamment en tendant la main pour l'inviter à entrer. Dans la pièce, un ordre de magasin surprend encore Luc lui-même. Très tôt ce matin, sachant qu'elle viendrait, il a fait son lit en étirant bien chaque couverture et en fabriquant un cylindre parfait avec les oreillers. La veille, il a caché toute la paperasse pêle-mêle dans le placard, jeté les vieux mouchoirs chiffonnés sous le lit et roulé en boule le linge, sale ou non, pour le comprimer dans les tiroirs. Il a même classé les livres de la bibliothèque par ordre de grandeur.

Magali passe sa tête par l'entrebâillement de la porte : «Oh ! Que c'est beau dans ta chambre, aujourd'hui ! » La visiteuse sourit discrètement. La petite sœur, séduite elle aussi par la nouvelle venue, veut faire le tour de la maison avec elle, l'emmener jouer dans sa chambre, l'accaparer pour elle seule. Luc lui explique gentiment :

— Nous avons beaucoup de travail, belle Magie. Mon amie n'est pas venue pour jouer !

Magali insiste encore un peu.

— Je veux juste lui montrer mes nouvelles madames-à-découper…

— C'est bon, tu pourras les lui montrer, mais plus tard, quand tu seras en pyjama, prête à te coucher.

Mireille et Luc élaborent le plan complet pour le travail de philosophie, ils ébauchent même une introduction. Une fois ces étapes franchies, et assez satisfaits de leur performance, le reste va comme une recette de cuisine.

Au bout d'une heure et demie, Mag frappe à la porte. Elle est à croquer dans sa nuisette fleurie à bretelles spaghetti.

— Tu as promis que je pourrais montrer mes nouvelles madames-à-découper. Ça vaut la peine, ce sont les plus belles que j'ai faites dans ma vie ! s'exclame-t-elle.

Comme si elle attirait une princesse dans son royaume, Mag prend la main de Mireille, un peu émue. Elles se rendent toutes les deux dans la chambre de Mag, adjacente à celle de Luc. Il entend alors Magali donner ses explications quant à ses dernières conceptions :

— Regarde comme elles sont belles et puis, c'est pratique parce que les madames que j'ai trouvées sont en bobettes ou bien toutes nues. Alors, c'est plus facile de choisir des vêtements qui leur font bien. J'ai même fabriqué des ensembles de sous-vêtements, des costumes de bain… Elles ont l'air de se trouver belles, hein? Plus que les madames des catalogues ordinaires. Regarde celle-là, elle fait sa fière avec son doigt sur sa bouche brillante.

Très surprise, la fée velours perd son sourire et s'informe, outrée, de la provenance de ce matériel.

— J'ai pris ça dans un vieux calendrier tout froissé que j'ai trouvé en dessous du lit de Luc, quand je cherchais ma couleuvre, répond candidement la petite.

À ces mots, Luc, qui entend la conversation de sa chambre, bondit de sa chaise pour aller voir les «madames» que sa charmante petite sœur a découpées. Désastre! Mademoiselle Février porte une chemise de nuit, Mars, un tailleur gris souris et Avril est en pyjama à pattes, collée dans un lit de style colonial. La belle Décembre est emmitouflée dans un parka à capuchon, mais elle a toujours ses belles bottes de fourrure blanche.

Mireille se tourne vers Luc, la révolte au fond des prunelles. Bien sûr, elle a reconnu les modèles nus, ou presque, dans des positions excitantes. Elle répète les paroles mêmes que lançait Luc à Martineau il y a quelques jours : « Mieux vaut lire le dictionnaire que se vautrer dans les revues pornos tous les soirs ! » Puis elle s'emporte : franchement, Luc ne valait pas mieux que les autres. En plus, pensait-il que c'était du matériel de bricolage adapté pour sa petite sœur ?

Elle est fâchée, très fâchée. Ça turbine dans le cerveau de Luc, plus vite que jamais : bien quoi, il est un homme... bien oui, il aime regarder le corps des femmes. Est-ce qu'on est un maniaque pour cela ? Mais il garde le silence et avale encore des couleuvres alors qu'il doit être rouge comme un coq.

Elle bloque, ramasse ses notes et claque la porte. Quelle réaction ! Elle dégringole les marches, salue vitement les parents et sort. Luc la poursuit jusque sur le perron, l'appelle, lui explique :

— Je ne suis pas qu'un cerveau, un pur esprit... Je suis humain ! Peux-tu comprendre ?

Elle se retourne vite pour crier que c'est de la trahison puisqu'il l'avait appuyée, l'autre jour, pendant le débat oratoire.

Elle atteint l'arrêt juste à temps et disparaît dans l'autobus de ville. Pourquoi est-elle si furibonde, si pudibonde?

Après réflexion, il reconnaît qu'il a mal joué et qu'il lui faudra repenser son rôle de séducteur, tout recommencer à zéro. Zéro: un homme qui ne compte pas, sans valeur... Combien longue et périlleuse sera l'ascension vers le premier échelon. Pour l'instant, il lui semble préférable de laisser passer un peu de temps pour que retombe la poussière.

Survient une averse de questions parentales, sous laquelle il devient parapluie, Luc retourne dans la chambre de Magali qui range précipitamment dans une boîte de carton ses fameuses madames-à-découper. Avec un bref regard d'oiseau effarouché, elle demande:

— Pourquoi elle est fâchée, ton amie?

— Parce que tu as pris un calendrier qui n'est pas à toi et que ces images-là ne sont pas pour les petites filles. Ce n'était pas une bonne idée. Alors, tu vas me les redonner et garder le secret, rétorque Luc fermement. Papa et maman doivent aussi rester en dehors de ça!

— Pourquoi c'était une mauvaise idée de les découper? Pourquoi, toi, tu as le droit de les avoir, ces images-là, et pas moi?

— Voyons, Mag, ce sont des photographies de femmes presque nues…

— C'est pas grave! Des femmes toutes nues, j'en ai déjà vu à la télé… Qu'est-ce que ça fait?

Comment lui expliquer sans provoquer un drame, sans alerter l'autorité parentale, sans mettre à vif les nerfs de maman? Diplomatie et négociation s'imposent:

— Belle Magie! Viens dans ma chambre, nous allons faire un échange.

Dans la chambre de son frère, Magali s'approche de la bibliothèque, son œil s'allume lorsqu'elle aperçoit la figurine en céramique d'un lutin au chapeau pointu. Luc sait qu'elle le convoite depuis longtemps parmi sa panoplie de souvenirs. Il prend délicatement le lutin et, avec grand soin, dans des gestes cérémonieux, il montre à Magali, caché à l'intérieur de la toge du lutin, un tout petit sac de tissu qui contient les éclats d'argile qui se sont détachés du corps lors de la fabrication. Il lit, sur un minuscule feuillet d'instructions: *Voici un lutin porte-bonheur. Lorsqu'on souhaite quelque chose avec ferveur, il suffit de lancer la poussière de lutin dans l'eau courante et de faire son vœu.*

Depuis quelques années, Luc conservait cette poudre magique pour faire un souhait à ses dix-huit ans. C'est sa petite sœur qui en profitera. Luc préfère maintenant ne plus jamais faire de vœux, mais arriver à ses fins à force de travail. Pour lui, les vœux, prononcés ou pas, sont dangereux. Il ne le sait que trop. Alors, adieu, poussière de lutin.

Magali, ravie, s'empare doucement du petit bonhomme et tend enfin à son frère, de son autre main distraite, la boîte contenant les madames-à-découper. Quand même, Luc a l'illusion que la chance lui sourit encore. Sœurette, toute contente, va regagner sa chambre pour aller dormir entre la magie du petit lutin et le désespoir de la couleuvre. Cependant, juste avant de sortir, elle s'arrête subitement, absorbée par un détail sur le mur maïs. Tout à coup, elle se met à trembler du menton, puis des larmes mouillent ses paupières, ses joues, sa nuisette, ça roule, ça coule sur le plancher, ça sort maintenant non seulement des yeux, mais aussi de la bouche et du nez. Finalement, à travers les sécrétions lacrymales et autres liquides visqueux, c'est une plainte inaudible qui secoue ses épaules. Luc tire un mouchoir de la boîte, essuie le torrent qui sort du petit nez et serre Magali dans ses bras.

— Eh là! Mais qu'est-ce qui t'arrive?

Pour toute réponse, un seul mot:

— Grisella !

— Qu'est-ce que c'est, Grisella ?

— Là, ma mouche ! Tout aplatie ! C'était mon amie ! réussit-elle à balbutier avant de s'égosiller de plus belle.

En effet, sur le mur, il y a encore le cadavre de la mouche que Luc a étampée là il y a quelques jours, dans une pause grotesque, les ailes en croix, les six pattes en étoile, mais la tête intacte, un peu penchée sur la droite. Il s'empresse d'expliquer :

— Ah ! Grisella ! Mais elle vole et vit toujours, ta Grisella… celle sur le mur, c'était une vieille mouche sénile et poussiéreuse… tu sais, du genre à se coller dans la vitre en automne pour laisser une petite buée blanche et gluante.

La peine de Magali se mue en une colère de dragon :

— Menteur ! Je sais bien que c'est ma Grisella ! Je l'avais apprivoisée et, avec mon plus petit pinceau, j'avais fait un point bleu sur chaque aile pour la reconnaître. Tu vois, là ?

Une mouche peinte de points bleus ! Voilà sans doute pourquoi elle éprouvait tant de difficulté à voler. Luc balance entre deux états : le fou rire ou la désolation. Il sent que l'heure n'est pas à la blague, mais il a beau

47

se confondre en excuses, implorer Magali, celle-ci l'écarte de ses deux mains ; ses yeux furibonds le fusillent : il est condamné ! Que faire pour réduire sa sentence ? Il se met à cajoler sa petite sœur, la chatouiller en lui murmurant des mots doux à l'oreille :

— Ma petite Magie, tu ne peux pas m'en vouloir pour ça ! Je ne savais pas. S'il te plaît, pardonne-moi. Je ferai tout ce que tu veux.

Il joue la comédie, se met à genoux, lui embrasse le front, les mains, soulève la nuisette et embrasse même le nombril pour la faire rire, sans succès cette fois.

Par la fenêtre ouverte, il aperçoit les jumelles Simard qui observent. Encore ! Jouent-elles aux espions ? Qu'est-ce qu'elles mijotent ? Magali les aperçoit à son tour, repousse vivement Luc et, sur un ton théâtral, elle crie :

— Espèce de sadique !

Puis elle court vers sa chambre en pleurant de plus belle, à croire qu'elle veut attirer l'attention de tout le quartier.

Catastrophe ! Maman, que les pleurs ont alertée, grimpe deux à deux les marches de l'escalier pour s'enquérir de la source de tant de chagrin. Le procès tombe à plat quand Luc répond avec une voix digne d'une tragédie grecque :

— Voici mon crime : j'ai tué une mouche, la noble Grisella, sans savoir que c'était la grande amie de Magali !

Maman soupire, mais Luc lui adresse un clin d'œil avant de déclamer, toujours sur un ton théâtral :

— Grave situation. M'est d'avis qu'une longue médiation sera nécessaire pour la réconciliation ! Suis-je si vilain criminel ? Je songerai, cette nuit, à un acte de réparation.

Avec son sourire terne, celui qu'elle porte depuis les dernières années, maman va rejoindre sa plus jeune qu'elle entraîne vers son lit en expliquant :

— Pauvre Magali ! Pardonne à Luc… c'est difficile pour lui de reconnaître tes mouches… Que penserais-tu, à l'avenir, de toujours lui présenter celles que tu apprivoises et de lui expliquer comment il pourrait faire pour les reconnaître ?

Au bout de ses sanglots, mais pas de sa rancœur, Mag finit par s'endormir pendant qu'avec le plus grand soin, Luc décolle le cadavre de Grisella pour le déposer sur un coussinet de mouchoir au fond d'une boîte d'allumettes vide : un autre cercueil pour le cimetière des amis de Magali. Afin de faire amende honorable, il emmènera petite sœur au fond du jardin, tôt demain matin, pour une cérémonie d'enterrement avec une oraison funèbre encensant la célèbre Grisella. S'il le faut, il tiendra tous les rôles pour regagner le cœur de sa sœur!

Pour l'instant, écouteur sur les oreilles pour le dernier acte du jour: étudier les mathématiques en oubliant qu'il a tué la meilleure amie de Magali et perdu la confiance des deux femmes de sa vie. Pour sûr, il pourra la récupérer en temps et lieu.

Au bout d'un moment, alors qu'il tente de résoudre un problème de trigonométrie, il sursaute lorsque quelqu'un frappe à sa porte. Maman, qui a abandonné jusqu'à son faux sourire, entre et s'assoit sur le lit, une colère muette sur le visage. L'heure est grave! Luc se tourne vers elle, retire ses écouteurs, prêt à affronter un entretien qu'il redoute. De quoi veut-elle donc l'entretenir en privé? S'installe alors un inquiétant silence qu'il préfère rompre tout de suite:

— Bon, je sais, j'ai fait quelque chose de pas correct, par distraction je te jure. Je promets de faire attention à l'avenir…

— Pauvre Luc! As-tu vraiment cru que je voulais te sermonner pour avoir tué une mouche?

Que lui veut sa mère? Parler de son rapport avec les autres? Des commérages des petites Simard? À moins qu'elle veuille lui parler de l'accident et de Joëlle? Cette idée le rebute. Une mèche de cheveux pirouette de plus en plus vite entre le majeur et l'index de maman. La tension monte. Luc n'a qu'une envie: remettre ses écouteurs, le son à plein régime. Mais maman commence:

— C'est très délicat, il faut en parler tout bas, personne ne doit entendre. C'est une situation qui m'affecte énormément et qui a fait l'objet d'un nouveau froid avec ton père. Chaque fois que j'y pense, j'ai des haut-le-cœur…

Ça y est, elle veut briser la montagne de glace qui les enveloppe depuis le départ de Joëlle. Elle le questionnera encore quant à l'accident, ses changements de comportement depuis. Il cachera la vérité, il inventera, comme d'habitude, puis remettra sa musique pour ne plus entendre le silence qui suivra. Il préfère couper court et demande à sa mère si elle lui en veut.

— Pauvre Luc, ce n'est pas à toi que j'en veux, mais à ton père… C'est lui le coupable.

— Mais voyons. Papa n'a rien à voir là-dedans. Ce n'est pas sa faute.

— Pas sa faute. Franchement! Tu aurais dû le voir, ce soir-là, énervé comme une puce, une lueur de folie dans les yeux. À mains nues, il empoignait ce… ce… ce serpent qui lui glissait entre les doigts. J'étais trop loin pour intervenir, mais derrière les bosquets, je devinais ce qui se tramait. Avoir su, je serais restée près d'eux et j'aurais tout fait pour empêcher la catastrophe. J'entendais ton père dire à Mag: «Approche! Regarde comme elle est belle, comme elle est grosse et vigoureuse! Elle sera pour toi, juste pour toi!» Mag était si impressionnée, voyant son père comme un héros qui matait une bête. La pauvre petite, elle riait et l'encourageait. Et maintenant, cette chose puante et gluante se retrouve ici, dans notre maison, dans mon lit, peut-être. J'ai si peur. J'en fais une phobie, Luc, ça me dégoûte.

On dirait une bonne blague. Luc retient son envie de rire. De la façon dont s'exprime maman, n'importe qui aurait pu penser que son mari avait commis un acte d'exhibitionnisme devant sa fille de six ans. Heureusement, Luc sait très bien de quoi elle se plaint. Prenant plutôt un air perplexe, Luc demande ce qu'elle attend de lui à présent. La réponse, tranchante, lui coupe le sifflet:

— S'il te plaît, je t'en conjure! Trouve une façon brillante et diplomate de nous débarrasser une fois pour toutes de cette maudite couleuvre!

Luc n'en peut plus; la tension qui l'assaillait quelques minutes plus tôt se mue en éclat de rire. Sa mère, à le voir rire ainsi, croit qu'il se moque d'elle et de sa peur des reptiles. Elle se rembrunit davantage:

— Ce n'est pas drôle. Cet événement prend des proportions inimaginables. Tu n'as pas idée. Ton père, lui, voulait faire plaisir à Mag. Parce qu'il se sent redevable à divers niveaux, j'imagine qu'il a vu là une belle occasion de se reprendre. Mais moi, les serpents me font horreur, avec leur langue gigotante, leurs yeux de glace, leurs mouvements en tortillons!

Un frisson la secoue, comme si une couleuvre glissait dans son dos. Luc se ressaisit aussitôt. Il ignorait cette phobie chez sa mère et comprend mieux maintenant sa réaction. Il la prend dans ses bras:

— Ouais! Tu me demandes là un exploit herculéen, maman, parce qu'il se trouve que cette «maudite couleuvre» porte maintenant un nom et est la confidente de Mag. Et, de plus, ma petite sœur bien-aimée m'en veut déjà à mourir d'avoir tué sa mouche… Mais je vais tenter d'arranger ça sans déclencher de guerre, je te le promets.

Il est trois heures du matin quand Luc se réveille, ankylosé sur sa chaise à roulettes, le livre de maths imprimé sur le visage. Il a à peine l'énergie de se déplacer jusqu'à son lit. Le matin, il s'éveille un peu trop tard et la famille est déjà partie pour la journée. Manquées, les grandes funérailles pour Grisella! Pauvre Mag, dans quel état se sera-t-elle rendue à l'école?

De justesse, Luc attrape l'autobus sans avoir eu le temps de déjeuner. Il s'assoit près de Big Ben qui, dans un souffle pestilentiel, le gratifie de son incontournable:

— Salut, Luc Jolicœur, Joli-cul!

Celui-là doit sûrement relever d'une autre mémorable brosse. Pouah! Il aurait grandement avantage à faire bouillir son haleine au moins vingt minutes avant de l'expirer, ou bien à se lancer dans la fabrication de pesticides en aérosol, pense Luc. Il se tait, enfile ses écouteurs et s'évente le visage de la main. Big Ben hausse niaisement les épaules. Au moins, de tout le trajet, il ne l'embête plus. Luc peut étudier en paix ce qu'il n'a pas encore eu le temps de réviser.

Mauvaise journée. Luc est à cran. Il le sent, juste à sa façon de percevoir et de juger son entourage. Le long des casiers, dans la salle commune, les mêmes gangs occupent les mêmes places, tapissent les coins de murs, les planchers, les corridors, selon une sorte de hiérarchie de pouvoir. Aujourd'hui, la plupart des étudiants paraissent à Luc tellement abrutis, des cerveaux Jell-O en petits pots. Il se dirige vers la cantine car il meurt de faim. Déjà, plusieurs étudiants y font la file. Au bout, Patrick, un grand six pieds que tout le monde appelle Grand Héron, attend derrière Jean, surnommé Potiron parce qu'il est plus large que long, qui cache son pot dans sa poche. Trois petits pas et voilà Luc qui s'ajoute comme un point à la ligne. Rackham le Rouge, le réactionnaire de l'école, veut passer devant. Avec ses cheveux cramoisis, coiffés en pics figés au gel, impossible de le manquer. Il porte invariablement un jean rapiécé, un t-shirt fade et, par-dessus, un veston de douze ans d'âge au moins… une allure à faire peur aux oiseaux, à un épouvantail aussi. Habituellement, Luc préfère se tenir loin de cet individu aux propos agressifs, ne pas le provoquer. Alors, sans mot dire, il le laisse passer. Rackham sourit et dit :

— Salut ! Joli-cul !

Encore un qui lui sert ce ridicule jeu de mots. Cette fois, Luc en ressent une cuisante irritation. Il voudrait répliquer que son nom est Jolicœur, pas Joli-cul, et qu'il est vraiment déplorable que Rackham mêle encore le cœur et le cul. Pas étonnant qu'il perde toutes ses blondes, pas étonnant puisque Rackham n'a pas de tête lui-même. En fait, il voudrait lui conseiller de refaire sa maternelle pour apprendre les parties du corps. Il inspire profondément et demande simplement à Grand Héron:

— As-tu vu Mireille, ce matin?

— Qui? fait Grand Héron en plissant les yeux.

Contenant sa colère, Luc a l'impression de voir rouge. Il regarde ailleurs, à gauche, à droite, n'importe où pour ne plus avoir Rackham dans son champ de vision. Alors, il l'aperçoit, image éphémère qui s'approche avec grâce: sa fée velours évoluant comme une ballerine. Elle étire la jambe en un geste circulaire pour contourner un tabouret et, le dos droit, l'esprit ailleurs, elle dépose son long corps sur le siège. Elle atterrit là, un instant, seule, comme une fleur de pommier tombée dans les chardons. Avant d'ouvrir sa revue, elle a vu Luc sans le regarder. Au comptoir, il achète galettes et jus sans s'attarder. Il hésite un moment, puis prend tout son petit change pour venir vers elle et l'aborder avec délicatesse. Mais zut! Elle a déjà disparu. C'est raté. Tant pis, il la verra peut-être plus tard, en éthique et culture.

Le cours de physique s'éternise. Luc a terminé les problèmes préparatoires à l'examen avant tout le monde et, depuis un moment, il regarde tomber la pluie dehors, passe-temps que le prof lui reproche. Celui-ci lui suggère plutôt d'étudier une autre matière. S'il avait su, Luc aurait apporté ses maths, mais il a laissé ses manuels dans le casier et, en vertu du trois cent septième règlement de l'école, le prof lui interdit de circuler dans les corridors pendant les heures de cours pour aller chercher ses livres.

— Comprends, Luc, que je ne peux permettre à l'un ce qu'on interdit à tous les autres.

M. Ménard a toujours été juste envers tout le monde, très respectueux envers Luc, quoiqu'un peu méfiant. Luc ignore pourquoi.

— Veux-tu agir à titre de bras droit et aider ceux qui ont de la difficulté? demande-t-il alors.

Depuis le début de l'année, Luc a dépanné beaucoup d'étudiants au cours d'ateliers de rattrapage, il a passé, sans les compter, de nombreuses heures à faire avancer les tortues, à redonner confiance aux pas bons, à réveiller les retardataires, à brasser les désabusés en sauce, à s'enquérir des progrès des uns ou des problèmes des autres, à faire la bonne oreille… tout ça sans que personne ne lui demande jamais comment il allait, lui, ou s'il avait besoin d'aide. Belle réciprocité : donner de l'écoute active et des conseils, recevoir des plaintes en retour. Il paraît qu'il n'y a pas de gestes gratuits et qu'on peut toujours s'attendre à des retombées. Ce principe s'appellerait la «loi du retour». Mais aujourd'hui, Luc aurait le goût d'envoyer tout le monde au diable en disant : «Moi, je travaille! Moi, je m'organise! Alors, réglez vos problèmes vous-mêmes! Bande d'inactifs! Maintenant, je m'en fous!» Un autre de ces jours où la patience manque, où l'agressivité veut exploser. Encore une fois, il réussit à la refouler et répond à M. Ménard :

— Sans façon, Monsieur, j'ai bien d'autres choses à faire.

Il enfile ses écouteurs, ouvre son journal et dessine des haches, des glaives souillés, des têtes coupées fichées au bout de pieux, les yeux béants, la langue pendante, des corps sans tête pendus par les pieds, le sang qui gicle et qui se répand en une large mare. Il s'applique à créer des ombres, des atmosphères morbides, l'horreur. Évasion totale. Tout à coup, il se sent bien. Quand la cloche sonne, surpris dans sa bulle, il a oublié le reste du groupe et l'œil observateur de

M. Ménard par-dessus son épaule qui, soudain, chuchote :

— Pas de ça ici !

Comme il veut réquisitionner le journal, Luc défend son bien, alléguant qu'il en a besoin pour ses examens et ses travaux à la maison puisqu'il contient ses résumés d'études. M. Ménard n'a d'autre choix que de le laisser aller.

Arrive enfin l'heure du cours d'éthique. Pour augmenter ses chances de rencontrer sa belle, Luc gagne la classe avant les autres pour prendre la place près de celle qu'elle occupe habituellement, le long du tableau latéral. Il l'attend, fin prêt, avec son petit boniment. Lorsqu'elle arrive enfin, un regard furtif vers lui, elle tourne vite la tête pour se diriger vers le fond de la classe et s'asseoir au dernier rang. Martineau l'y rejoint. Ils discutent d'un problème de logarithmes qu'ils n'ont pas su résoudre au cours précédent et dont la solution paraît tout de suite évidente à Luc. Voilà une chance inouïe de se faire valoir. Il se tourne vers le tableau, y inscrit le problème puis, en silence, il entreprend de développer le log. La craie claquette sur l'ardoise. Il arrive à faire la démonstration complète avant que l'enseignante survienne. Martineau, ébahi, sourit à Luc puis retranscrit vite la solution dans son cahier. Enfin, elle regarde un peu Luc, mais détourne aussitôt les yeux vers la fenêtre que fait pleurer la pluie. Cette fille a, dans le regard, la même ombre que ce jour gris.

Plus tard, au cours d'éthique, avant qu'il sorte de la classe, Mme Bélanger, l'air consterné, le prend à part. Ses petits yeux, un peu inquisiteurs, scrutent ceux de Luc qui y lit une sorte d'angoisse.

— J'ai lu la copie de ton travail sur les valeurs morales, lui dit-elle. Je ne sais pas si c'est une farce ou si tu avais besoin de te défouler, mais le ton m'a inquiétée. J'y dénote, entre autres, un problème dans ton rapport avec autrui. Je peux te référer à quelqu'un qui pourrait t'aider, si tu veux.

Là, Luc juge qu'elle se mêle un peu trop des affaires des autres elle-même. Améliorer son rapport avec autrui, c'est son truc à lui. Un autre exercice d'apprentissage à ajouter à la liste qu'il s'est imposée, le plus difficile, sans doute. Il tente de le mettre en pratique à l'instant même et, gentiment, il demande à l'enseignante si elle se sort bien de son divorce, ce qui la surprend au plus haut point.

— Comment sais-tu ça?

— J'ai deviné. C'est écrit dans vos yeux.

3

L'ENTERREMENT DE GRISELLA

En descendant de l'autobus en fin d'après-midi, Luc aperçoit Magali qui oscille mollement sur sa balançoire au fond de la cour, comme un pendule penaud. La tête penchée vers l'avant, elle fixe les traces que font ses pieds dans le sable. Luc lance son sac d'école sur le perron et s'approche d'elle. Magali accorde à son frère autant d'attention qu'à une poussière dans le vent. Pour Luc, la reconquérir tiendra de l'exploit. Il espère qu'elle craquera à sa proposition :

— Allô, belle Magie ! Viens avec moi, on va construire une ville dans le carré de sable !

— …

— Avec des routes, des ponts, une rivière et des arbres. Ce sera la plus belle ville du monde : Magcity ! Mais je ne t'ai pas tout dit. Veux-tu savoir le reste ?

— …

— J'ai des idées merveilleuses : un parc avec une balançoire miniature, un jardin de fleurs et une terrasse en mosaïque de petits cailloux! Mais veux-tu savoir quel sera le plus beau monument de cette ville?

Le visage toujours incliné vers le sol, Magali s'entête. Ses longues tresses balaient ses cuisses, ses lèvres retiennent un océan de mots, elle fait la sourde oreille, mais elle est vite trahie par une larme pendue au bout de son nez. L'heure est grave, mais Luc sait exactement quoi faire. Il s'accroupit auprès d'elle et, d'un geste très léger, il appuie la paume de sa main sur la tête ronde de sa petite sœur. Ensuite, de sa poche, il sort une boîte d'allumettes.

— Regarde, Mag, j'ai quelque chose de très précieux: le petit cercueil que j'ai fabriqué pour Grisella. Dans notre ville, il y aura un cimetière où nous pourrons creuser une tombe digne de ta mouche. Elle sera mieux là qu'étampée sur le mur de ma chambre. Qu'en dis-tu? Veux-tu m'aider?

Alors seulement, elle lève vers lui des yeux pleins de larmes, mais un timide sourire retrousse ses lèvres. Elle glisse de la balançoire et s'approche pour mieux entourer son frère de ses petits bras et lui chuchoter à l'oreille:

— Attends-moi, je vais chercher ma pelle bleue!

Une architecture compliquée, un mausolée en brindilles, une allée de gravillons, une

pierre tombale en granit rose sur un monti-
cule garni de bourgeons et de cocottes. Si
toutes les mouches avaient droit aux mêmes
rituels d'inhumation, on ne pourrait plus
mettre les pieds nulle part sur la terre. Mag
n'arrête plus de parler, de trouver des idées
nouvelles pour les arrangements floraux,
l'aménagement paysager. À ce rythme, le
carré de sable fera bientôt compétition aux
jardins botaniques.

Une heure et demie plié en dix-huit au-
dessus du paysage miniature, une heure et
demie dans l'univers imaginaire de Mag, à
écouter le récit des souvenirs d'une mouche
domestique, une heure et demie passée avec
le fantôme d'un vulgaire insecte... une heure
et demie... une éternité, mais Magali a enfin
pardonné à Luc. Au bout de ce temps, ils
entrent souper en se tenant par la main.
Magali fait promettre à Luc de ne plus jamais
faire de mal à une mouche.

La partie n'est toutefois pas encore gagnée
pour Luc, car la prochaine étape, se débarrasser de la couleuvre, exigera de lui plus de
créativité que jamais, un plan raffiné.

Papa a laissé un mot au tableau : « Retenu
par une réunion. Ne m'attendez pas pour
souper. »

Maman, dans une lune soucieuse, tortille une mèche de cheveux. Luc l'embrasse et s'informe de sa journée.

— Ton père travaille tout le temps… les soirs, les fins de semaine. C'est lourd à la longue. À croire qu'il veut s'étourdir ou fuir dans le travail, que la carrière compte plus que tout le reste. Je ne sais pas quoi penser. En plus, ce printemps, il y a tant à faire dehors et dans la maison. Regarde, le plafond coule encore, ça va tomber en ruine. Je vais devoir me taper le plâtre et la peinture toute seule. Après le travail, je suis un peu vannée.

Luc reconnaît bien la pensée racine derrière ce discours : maman s'ennuie. En fait, elle aimerait être la raison de vivre, la personne la plus importante pour papa, ce qui, après vingt ans de vie commune et l'accident de Joëlle, n'est plus le cas. Alors, Luc tente de la rassurer :

— Vaut mieux savoir papa au travail qu'en train de se soûler la gueule dans les bars. Non ? Et puis, il t'aime, tu le sais. En même temps, son travail compte beaucoup. Peut-être que c'est, pour lui, une question d'estime, une façon de se sentir vivant.

— Se sentir vivant… au travail, peut-être, mais ici, il devient de plus en plus un fantôme, réplique maman en agitant la main comme pour chasser des mouches invisibles. Bon! De toute façon, nous ne réglerons rien maintenant. Passons à autre chose. As-tu trouvé un truc pour éliminer la couleuvre?

— Laisse-moi un peu de temps, quand même… je viens à peine de récupérer la mort de la mouche. Je ne veux pas passer pour le bourreau une fois de plus aux yeux de Mag.

— Écoute, Luc, j'ai vraiment une phobie que j'ai peine à contrôler. Cent fois, le soir et la nuit, je vais vérifier si la couleuvre est dans l'aquarium. Chaque fois que j'ouvre un tiroir ou les draps d'un lit, que je passe le long d'un meuble, du frigo ou d'un calorifère, j'ai peur de la trouver. Avant d'entrer dans une pièce, je m'assure qu'elle n'est pas en train de se tordre sur le plancher. Je n'en peux plus! L'une de nous deux devra quitter la maison… Laquelle préfères-tu voir partir?

Chantage! Pourquoi maman ne règle-t-elle pas cet épineux problème avec papa? Pourquoi ne règlent-ils plus rien ensemble, tous les deux? À quoi bon poser ces questions? Depuis le temps, Luc ne pourra rien changer maintenant à l'étrange dynamique de ce couple. Agir en bon fils est encore son plus grand pouvoir.

Maman se lève, dresse la table rapidement, appelle Magali, l'aide à se laver les mains et sert le souper. Le trio silencieux engloutit le repas aussi vite que des oiseaux à la becquée. Mag a quand même le temps de fabriquer un visage avec les petits pois dans son assiette. Après quoi Luc aide sa mère à ranger. Ensuite, ils vont ramasser des feuilles sur le terrain. Des tas que Mag prend plaisir à écrabouiller, à éparpiller.

Plus tard en soirée, après les travaux scolaires, Luc rejoint sa mère au salon, juste le temps d'une phrase :

— Promis, maman. Je ferai disparaître la couleuvre sans provoquer d'incident diplomatique. J'ai une idée.

Maman lève la tête, inspire et, avec ses lèvres, ses joues, ses yeux, tout son visage, elle sourit pour de vrai. Enfin. Quand papa rentre du travail, elle l'accueille avec bonne humeur.

Comment se débarrasser d'une couleuvre pour garder l'estime d'une mère, sans perdre l'affection d'une petite sœur ? Luc a mûri un stratagème pour contenter tout le monde. En revenant de l'école, muni d'un filet à papillons et d'un contenant de margarine vide, il emmène Magali à vélo jusqu'à la petite mare de la base de plein air non loin de chez eux. Là, ils cherchent longtemps sur les galets de la berge une grenouille. Après plusieurs minutes d'observation, Mag s'exclame :

— Oh! Là! Y'en a une! Regarde comme elle est mignonne!

Voilà sa chance. Avec le filet, Luc l'attrape prestement, dépose sa prise dans le récipient de plastique. Mag est en extase devant le batracien qui, lui, reste tout aussi inexpressif qu'un ver de terre. Après avoir pris soin d'humidifier ses mains dans la mare, petite sœur prend délicatement la grenouille.

— Reste tranquille, je ne te ferai pas mal, chuchote-t-elle à la bête figée.

Puis, se tournant vers Luc :

— Tu vois, elle m'écoute! Elle ne bouge même pas. Je vais l'appeler Bedaine! confie-t-elle avant de remettre la grenouille dans le récipient.

Ça y est! C'est gagné! La grenouille a un nom. Jusque-là, le stratagème fonctionne. Maintenant, Luc peut expliquer à petite sœur ce qu'ils feront de cette bestiole.

— Mag, aimerais-tu que nous amenions Bedaine à la maison?

Mag trépigne et applaudit. C'est le bonheur! Elle colle ses mains froides et mouillées sur les joues de son frère, l'embrasse, mais après quelques secondes de réflexion, elle se renfrogne, craignant que cette idée déplaise au plus haut point à maman qui, déjà, maugrée beaucoup pour la couleuvre. Luc promet de convaincre maman.

Dès qu'elle rentre à la maison, Mag s'affaire à préparer un bocal pour la grenouille, avec des cailloux, des feuilles, un peu d'eau. Luc lui explique que Bedaine n'aura pas besoin de maison, puisqu'elle ira retrouver Coquine pour lui servir de repas. Un tremblement de terre aurait eu moins d'effet sur la petite sœur. Son visage se convulse de dégoût. Vite, Luc explique que si Coquine ne mange pas, elle va mourir de faim. Consternation! Mag, qui s'est déjà prise d'affection pour la grenouille, est déchirée; réaction tout à fait conforme aux prévisions de Luc.

— Sois sans crainte, la grenouille ne souffrira pas vraiment. Les couleuvres avalent tout rond leurs proies et prennent beaucoup de temps à digérer. Nous n'aurons donc pas besoin de lui donner des grenouilles tous les jours... peut-être seulement une par semaine.

— Ah! Non! Pauvre petite Bedaine! Elle
ne doit pas finir dans celle de Coquine. Non!
Non! Non! Pas question! s'indigne Mag.

— Alors, ma belle Magie, il faudra faire
un choix. Ou bien tu gardes la couleuvre
qu'il faut nourrir de grenouilles, ou bien tu
gardes la grenouille à qui il faut donner des
mouches et des criquets.

Voilà tout l'enjeu de la manœuvre. Mag
est très hésitante, elle regarde tour à tour la
grenouille, la couleuvre, la grenouille. Ses
yeux s'emplissent de larmes. Elle n'arrive
pas à choisir. Alors, Luc la prend par les
épaules, la caresse doucement et lui explique
encore:

— Tu sais, les couleuvres sont très malheu-
reuses en prison, bien plus que les grenouilles.
La tienne est tellement grosse qu'elle ne peut
même pas faire d'exercice. C'est à peine si
elle peut tourner la tête. C'est pour ça qu'elle
tente de s'évader tout le temps. Et puis,
quand on la touche, elle sent tellement mauvais! Mais, écoute-moi bien, poursuit-il en
baissant la voix. Il paraît que si on relâche
une couleuvre un soir de pleine lune, au bord
du marais des Brumes, elle se change en fée
Mélusine pendant cinq secondes pour nous
remercier. Et puis, tu ne trouves pas que

Bedaine a l'air franchement plus sympathique que la couleuvre?

Mag hésite encore un brin et Luc doit y aller de plus de magie pour la faire flancher.

— Voici ce que nous ferons: à la pleine lune de juin, nous partirons vers le marais avec Coquine que nous installerons bien à l'abri dans un sac solide. Au bord de l'étang, dans le rayon que tracera la lune, nous placerons l'ouverture du sac pour que, doucement, la lumière lunaire puisse éclairer la couleuvre. Il faut absolument la lumière de la pleine lune, parce que c'est une lumière magique. Là, la couleuvre sortira du sac, gagnera les eaux et, pendant cinq secondes, nous verrons la fabuleuse fée Mélusine qui nous fera un signe de la main. Ce sera fantastique! Nous serons les premiers à vivre cette expérience depuis des siècles.

— Tu promets que c'est vrai, cette histoire? demande Magali.

— Promis, c'est promis! Croix de bois, croix de fer, si je mens, je vais en enfer!

Alors seulement, la réponse que Luc attendait résonne en une cascade de questions.

— C'est quand la pleine lune? De quoi elle a l'air, la fée? Est-ce que je pourrai libérer Coquine moi-même?

Dans le sac! Pour l'instant, Luc n'a aucune idée de la date de la prochaine pleine lune, mais il sera toujours temps de s'en informer. Encore un délai, par contre, pendant lequel maman devra digérer la présence de la couleuvre, mais bon, tout ce petit monde devrait bien pouvoir survivre jusque-là.

Plus tard, lorsque Luc vérifie sur le calendrier, il se rend compte d'un hic: la pleine lune de juin tombe exactement le soir du bal des finissants. Pas de panique! Avec un peu d'organisation, il devrait pouvoir s'arranger.

4

SÉDUIRE MIREILLE

Autre préoccupation avant le soir du bal : Luc a besoin d'inventer un élixir pour ensorceler le cœur de sa dulcinée, l'attirer à lui, comme un aimant, fusionner Vénus et Mars en une parfaite conjonction. Nouvelle tactique : renverser la vapeur. Ainsi, pour atteindre le cœur, passer par la tête de cette fille plutôt cérébrale, l'éblouir par la performance intellectuelle. Comme il espère obtenir la médaille de la gouverneure générale du Canada, il pourra faire d'une pierre deux coups : honorer la promesse faite à Joëlle et éblouir sa douce. Mais cette épreuve exigerait de lui encore des nuits d'insomnie, des repas vite avalés en besognant sur le coin d'une table ; un sprint final sur les chapeaux de roues.

Pendant ses heures d'étude, à tout moment, Mag passe la tête dans l'entrebâillement de la porte :

— Viens jouer dans le carré de sable avec moi, ou bien faire de la bicyclette, si tu aimes mieux. Moi, je m'ennuie de toi…

— Va jouer avec maman, Magali. Je n'ai pas le temps !

— Maman, elle rit jamais. C'est plus drôle avec toi.

Son air chagrin plante plus profond le pieu de la culpabilité dans l'âme de Luc. Elle lui manque, à lui aussi. Il lui promet qu'après le Gala Méritas, il lui consacrera plus de temps. À certains autres moments, plus rares toutefois, c'est maman qui, traînant les pieds, vient s'asseoir sur le lit de son fils. Elle a tellement besoin de parler. Tout ce qu'elle refoule depuis les dernières années doit peser plus que les huit planètes du système solaire réunies. Pourquoi ne va-t-elle pas consulter ? Pourquoi ne pas lui dire simplement : « Maman, après quatre ans de silence, je sais que tu as besoin de t'exprimer au sujet de la catastrophe qui nous affecte tous encore, mais là, je n'ai pas le temps ni le goût d'en parler… »

Mais aussitôt, il a honte de s'être laissé submerger par une vague d'ingratitude, lui qui a promis à Joëlle de vivre pour deux, lui qui reproche aux autres leur manque d'écoute, lui qui est si proche de sa mère. Il a l'impression qu'elle n'a que lui à qui se confier. Papa et elle n'arrivent pas à se parler de cet événement qu'on n'ose même pas nommer à la maison. Alors, il laisse là cahiers et calculatrice, se retourne vers elle :

— Tu as encore pensé à elle aujourd'hui, hein ?

— Oui, en ensemençant le jardin. Elle m'aidait toujours avant. C'est elle qui semait les fèves… Elle aimait ça, les graines de fèves, ovales et blanches. Elle disait que c'était de petits œufs. Maintenant, je n'y arrive pas, c'est trop de souvenirs… J'ai laissé en plan…

Maman ne termine pas sa phrase. Elle pleure.

— On va s'en sortir, maman. Et un jour, tu pourras enfin sourire en regardant germer les graines. Mag aimerait beaucoup semer dans le jardin. Pourquoi tu ne lui demandes pas ? Elle ne volera la place de personne. Elle ira à sa façon et elle sera heureuse de faire quelque chose avec toi. Donne-lui sa chance.

Sa mère se ressaisit, essuie ses larmes et se lève :

— Tu as raison et je m'excuse. Des fois, j'ai encore des moments de faiblesse, de révolte.

Elle quitte la chambre avec son sourire terne. Le masque de Luc a bien failli se lézarder cette fois, laissant paraître toute la culpabilité et la détresse qu'il cache depuis « l'accident ». Encore une fois, grâce à ses écouteurs, il parvient à retrouver de meilleures dispositions d'esprit.

Entre ces intermèdes, il réussit tout de même à étudier et à fignoler les sketchs qui agrémenteront le fameux Gala Méritas. Déjà, il a recruté son équipe d'impro pour jouer les saynètes. Depuis une semaine, ils répètent tous les midis la scénographie, la mise en bouche des dialogues, les déplacements, les enchaînements. Décors, costumes, éclairage, effets sonores et visuels, rien n'a été laissé au hasard. N'a-t-il pas promis à son équipe de faire mieux que les représentations des années précédentes, préparées par les profs ?

Ainsi, le soir du gala, il se présente, les yeux cernés jusqu'au menton, mais fin prêt, le cerveau bouillant et l'effervescence au bout des dents. Les numéros de théâtre font rire, les chorégraphies enchantent, les chansons émeuvent. Le spectacle est un succès.

Le soir, seul dans sa chambre, fidèle à Joëlle, Luc lui confie, en les écrivant dans son journal, ses réflexions sur la soirée.

Chère Joëlle,

Je voulais être le meilleur, le cerveau ! J'ai travaillé d'arrache-pied toute l'année pour aller plus loin. En plus de tenir la promesse que je t'ai faite, je voulais la reconnaissance de mes pairs et, par-dessus tout, d'une personne en particulier.

À la remise des méritas, quand on a nommé Martineau qui, encore cette année, a remporté le titre de champion régional de bicyclette BMX et de l'étudiant qui participe le plus à la vie sportive de l'école, la foule s'est levée d'un bloc. C'est le seul parmi les étudiants méritants à avoir reçu un trophée, grand comme la tour Eiffel, sous les regards admiratifs des filles. Avec mon plus beau sourire, j'ai même pris la peine de lui serrer la main et de le féliciter. Grande leçon d'humilité !

À la toute fin du gala, le directeur a nommé les trois finalistes sous la rubrique « l'étudiant qui s'est démarqué dans le plus grand nombre de matières académiques » : Marie-Ève Pilote, Véronique Petit et Luc Jolicœur. Le directeur a enfin ouvert l'enveloppe. Il a lu très fort : « Luc Jolicœur ! » Je l'ai eue ! Pour toi ! La médaille de la gouverneure générale que le directeur m'a remise dans un coffret de velours. Que j'étais heureux !

J'avançais dans une aura de fierté. Quand le directeur m'a serré la main, je flottais littéralement. Là, j'ai entendu un étudiant crier dans la salle : « Un french kiss, avec ça ! » puis des rires. Un peu plus loin, alors que je gagnais ma place, j'ai entendu, dans la pénombre, d'autres commentaires : « Heille ! Le nerd ! Le téteux ! Luc le lèche-cul! De quoi t'aurais l'air, tout nu? Une patère à vêtements?» «Hein! Dis-le donc que c'est à cause de ta belle bouche en cœur, Luc Jolicœur! C'est pour ça qu'il est le chouchou des profs!» «C'est peut-être à cause de son beau cul aussi.» Rire niais et gras. C'était la bande à Grand Héron, déjà ivres ou gelés à cette heure. Incapables de reconnaissance... que du mépris. Pourvu qu'ils anéantissent l'autre par la bêtise, les voilà repus de satisfaction. Pourquoi m'attendre à des bravos de leur part? Pourquoi m'acharner à vouloir leur prouver ma valeur? J'ai tenté pendant tout le secondaire de m'intégrer un peu dans diverses gangs. Niet! Pas même une miette de respect. Qu'est-ce que j'ai qui cloche tant? Ça me décourage, Joëlle! Parce que j'étais certain d'être à l'abri de ce genre de bêtises. J'aurais voulu être sourd ou mettre mes écouteurs pour n'entendre que du vent.

Comment j'arrive à me sentir si fier et à avoir, en même temps, envie de m'effondrer? Soudain, c'est arrivé sans prévenir, comme une piqûre de moustique qui se met à enfler: la colère, prête à exploser en tonnantes insultes, des répliques dont ils ne se relèveraient pas. Je savais exactement comment blesser chacun d'eux, par des mots tranchants. J'aurais pu cracher tout ce que je savais à leur sujet: leurs larcins, leurs vols, le taxage, leurs commerces illicites... Depuis le début du secondaire, j'ai été tellement souvent ridiculisé par des plus nuls que moi. À me faire traiter de gay parce que j'aimais lire, d'intello parce qu'étudier ne me faisait pas peur, de rétro parce que mes vêtements n'étaient pas griffés, de téteux parce que je m'attardais à parler avec certains profs après les cours. Heureusement que j'ai eu mes écouteurs et mon MP3, sinon, leurs insultes m'auraient poursuivi pendant cinq ans. Et même quand j'ai les écouteurs sur les oreilles, j'ai l'impression qu'ils m'injurient encore. Est-ce que je fais un complexe de persécution ? Pourquoi le monde me paraît si hostile ?

J'avais envie de les massacrer, mais soudain m'est revenu un bon vieux truc d'impro : prendre une bonne inspiration et faire entrer un tout autre personnage en moi. La vie, c'est du théâtre ! J'étais Shaka Zoulou et j'ai inventé de terribles sentences : des haches qui s'abattaient, acérées, et se relèveraient, sanguinolentes, alors que les têtes tombaient, roulaient avec de ridicules grimaces. J'ai imaginé leurs corps pendus, nus, sans mains ni pieds, d'autres empalés au bout de pieux. Personne ne pourra m'arrêter pour ça. Quand le meurtre se fait dans notre tête, et seulement là, il n'est pas plus condamnable que l'assassinat d'une mouche. Du coup, je me suis senti mieux. Grâce à l'imagination… Est-ce que je suis malade ?

Je sais… Tu m'aurais conseillé de faire face, d'être transparent, de leur dire leurs quatre vérités. C'est impossible! Comment prouver à cette bande d'abrutis qu'on n'a pas besoin d'être Monsieur Muscles ou le pusher *de l'école pour réussir? Est-ce même nécessaire? J'ai relevé la tête et suis passé sans broncher avec un vague sourire d'indifférence, dans un autocontrôle parfait. Tout s'est éclairci autour de moi. Heureusement, car plus loin, j'ai pu l'apercevoir, assise avec des copines. Elle me regardait et m'a souri, timidement, mais tout de même. Il a suffi de ce sourire pour effacer les restes de hargne.*

Autre surprise, au fond de la salle: qui me souriait? Papa! Il est venu à la cérémonie. J'étais content. Lui aussi.

5

PARLER À PAPA

Dans sa chambre, près de la photo de Joëlle, Luc a suspendu la médaille. Quand il s'éveille, le matin, il y jette un coup d'œil et pousse un soupir de satisfaction. Quand Luc se lève, papa est déjà parti pour le bureau. Trop de travail l'attend. Il doit amorcer ses journées plus tôt, une cascade de cernes sous les yeux, une avalanche de cheveux blancs qui envahit de plus en plus ses tempes. Au tableau, il a laissé ce message : « Luc, j'arriverai plus tôt, cet après-midi, et je t'emmènerai à une exposition de voitures anciennes. Tu as mérité un répit, moi aussi. »

En fin d'après-midi, quand il rentre à la maison, un réseau de fils rouges envahit ses globes oculaires. Il dépose son porte-documents dans l'entrée, se frotte la nuque, mais au lieu de soupirer son éternel et grave « Bonsoir », il est comme un enfant, change de vêtements en vitesse et, soudain tout guilleret, entraîne Luc avec lui.

— Viens, il fait beau! Ferme tes livres et ton ordi. On se pousse. Nous allons nous rincer l'œil!

Ah! La bonne idée. Bouger! Dégourdir le dos raidi par trop d'heures de travail de bureau, dérider les sourcils sérieux, dénouer le cou rigide et se laisser aller avec quelqu'un en qui vous avez confiance, qui vous prend gentiment par l'épaule et vous emporte. Il y a si longtemps qu'un pareil événement ne s'est pas produit avec papa.

Une soirée de camaraderie où l'on parle simplement de bagnoles, d'évolution des modèles, d'un peu d'histoire de l'automobile et de ce qui fait le prix et la valeur d'une voiture de collection. Luc observe son père, une étincelle dans les yeux, toujours aussi passionné par les voitures anciennes, discutant, rigolant et négociant avec les exposants. Il ne semble plus être le même homme. Luc constate à ce moment précis que son père a l'air heureux, qu'il peut y arriver. Plus tard, il lui fait cette remarque:

— Tu as l'air bien, aujourd'hui, papa.

— Oui, plutôt bien. Mais toi, tu as l'air souvent anxieux, je dirais tourmenté. Est-ce que ça va?

Luc est si étonné qu'on lui pose cette question qu'il se sent, sur le moment, emprisonné par une foule de mots flous. Par où commencer ? Et surtout, comment le dire ? Il ne sait même pas mettre en mots son mal-être, sa confusion, puisqu'il ne se comprend pas lui-même. Un mystère. Qu'est-ce qu'il attend ? Le grand pardon de sa sœur morte, l'amour d'une fille froide et distante, être reconnu par ses pairs, être le meilleur en tout ? Qu'est-ce qu'il veut, au juste ? Un peu de bonheur. Du vrai bonheur. Voilà. C'est sans doute ce que tout le monde cherche. Ça semble simple et pourtant. Il dit :

— Ça va. Ça va. J'aimerais pouvoir atteindre le bonheur un jour.

— Je le vois bien, ces temps-ci, tu cours au bout de tes énergies, tu t'essouffles pour tout réussir parfaitement. Méfie-toi du piège tendu au bout de la course à la performance. J'y suis tombé aussi pour oublier le reste de la vie, ne plus penser, ne plus rien ressentir, engourdir toute émotion. Ça m'a pris du temps, mais j'ai appris qu'on peut être heureux en ne sachant pas trop ce qu'est le bonheur…

Pour Mag, la notion de bonheur paraît si simple. Il suffit que Luc lui propose une activité et la voilà aux anges. Peut-être le bonheur de l'individu doit-il passer par celui des autres? Prochain exercice de vie à vérifier. Le dimanche, Luc propose donc à Magali de lui apprendre à rouler à vélo sans ses roulettes de sécurité. C'est la joie. Après le dîner, il l'emmène dans la remise où il s'affaire à retirer les roues d'appoint de la bicyclette rose. Mag s'approche tout près de lui pour le regarder faire. Il fait chaud. Accroupi sur l'engin, Luc lève la tête pour essuyer son front d'un revers de manche. Il a les yeux à hauteur des cuisses dodues de Mag. Elle sourit, toute mignonne dans sa robe courte imprimée d'un motif à carreaux rouge et blanc. Sa peau sent le bonbon.

— Tu es tellement mignonne, toi, et si douce!

Mag rit un peu avant de demander:

— Est-ce que tu vas réussir?

— Oui, c'est un jeu d'enfant, le temps de remettre les boulons en place… Après, sans les roulettes, tu verras, tu auras l'impression de voler, sans ce bruit de ferraille infernal. Promis, tu vas réussir cet après-midi, même si on arrive en retard au souper. Et tu iras vite, si vite que tes cheveux vont se changer en éclairs, blague Luc en lui tapant doucement le popotin.

Convaincue, Mag enfourche le vélo. Cependant, avant de dépasser la vitesse du son, c'est long… très long. Luc court derrière la bicyclette, tenant la selle pour garder Mag en équilibre. Cent fois, il reprend les instructions du départ : pédale gauche relevée pour assurer l'impulsion, guidon bien droit, yeux sur la route, pied droit au sol pour donner un bon élan. Cent fois, deux tours de roues, à peine, pour faire patate. Par terre !

— J'ai peur d'écraser des fourmis ! Je n'ai pas le temps de regarder s'il y en a en avant de la roue ! se plaint l'apprentie cycliste.

Au bord du découragement, en sueur d'avoir tant couru derrière le vélo, Luc arpente la route et fait semblant d'inspecter tout le trajet.

— Aucune trace de fourmis. C'est garanti ! Tu peux y aller sans crainte.

Maintenant, Mag, tendue et fragile comme un fil d'araignée, cherche des raisons pour rentrer, tentée d'abandonner. Luc la serre fort dans ses bras et lui masse la nuque, le cou, le dos comme on le fait pour les lutteurs :

— On n'abandonne jamais !

Au même moment, dans la rue, en sens inverse, s'approche le couple Simard, parents des jumelles, qui revient d'une promenade :

— Ta sœur s'est fait mal? demande Monsieur Simard.

— Non, je la masse pour la détendre un peu… s'empresse d'expliquer Luc. C'est sa première tentative à bicyclette à deux roues… Très éprouvant!

Les voisins passent lentement, attardant leur regard sur le visage de la fillette. Ils ont un drôle d'air, pas vraiment de la curiosité, plutôt une sorte d'inquiétude.

Une poussée du pied, un bon coup de pédales, Magali, que le massage semble avoir ravigotée, repart lentement, plus stable, réussit à maintenir l'équilibre en déplaçant un peu son bassin à gauche puis à droite pour faire contrepoids. Deuxième coup de pédales, Luc court derrière, lâche la selle enfin. Magali continue seule sur une ligne zigzagante, rajustant le guidon tremblant pour garder la roue droite.

— Me lâche pas! Me lâche pas, hein?

Magali va un peu plus vite. Sa jupette vole au vent, laissant paraître la petite culotte au motif coccinelles. Enfin, elle a compris le principe de l'équilibre, mais compris aussi que Luc ne la tenait plus. Elle tente un coup d'œil en arrière pour vérifier et, en tournant la tête, elle tourne aussi le guidon et perd l'équilibre. Patate encore, dans le décor!

Mag n'a pas le réflexe de freiner à temps, la bicyclette sombre dans le fossé. Luc court aussi vite qu'il peut pour aller à sa rescousse. Il imagine déjà le visage en pleurs, le sermon parce qu'il a cessé de la tenir, les accusations de trahison. Dès qu'il s'approche pour la sortir de là, Mag se met à crier :

— Tu as vu ça ! Je l'ai eu ! Tu avais raison, j'ai réussi juste en un après-midi… Je volais ! Est-ce que mes tresses se sont changées en éclairs ?

Luc entoure de ses mains le petit visage et embrasse le front humide et salé.

— Tu es ma championne ! Ma comète à roulettes !

En l'aidant à se relever, il aperçoit le genou sanguinolent. Pas une larme, pas un gémissement. Mag reste fière et stoïque malgré la douleur.

— Viens, on va aller soigner ça.

Luc la prend par la main et pousse de l'autre la bicyclette. Alors, Magali lui confie :

— Quand on ira au marais des Brumes, je serai capable de rouler en bicycle, sans mes petites roues. Comme ça, je ferai moins de bruit et les grenouilles n'auront pas peur.

Luc serre la menotte un peu plus fort.

Plus loin, dans la cour de leur maison, les jumelles Simard s'amusent, accroupies près d'une grande boîte dont le couvercle a été retiré. Curieuse, Magali s'approche et leur demande à quoi elles jouent.

— À l'hôpital, répond la première.

— Ou plutôt, à la pouponnière, répond l'autre.

Luc se penche pour voir de plus près. Le grand carton sert de pièce que les petites Simard ont pris soin de tapisser de retailles de papier peint. En guise de lit, elles ont utilisé des boîtes d'allumettes, une dizaine, ouvertes, que remplissent des petits matelas et de la literie faite de mouchoir. Ces couchettes sont parfaitement alignées d'un côté. Sur les murs courent des fils, des minidossiers, des électrocardiogrammes minuscules. Tout est à l'échelle des Lilliputiens avec, en plus, un ordre et une propreté irréprochables ; une reproduction miniature de l'hôpital idéal. Sur les couchettes gigotent les malades. Des êtres bien vivants, enfin, pour l'instant : de grosses fourmis noires — c'est la saison — à qui les jumelles ont pris soin d'arracher une à une les six pattes afin qu'elles ne puissent s'échapper. Les corps se tortillent, tentant de tourner un peu sur eux-mêmes, à l'instar des malades souffrants, alors que seules leurs antennes frémissent, comme autant d'appels au secours silencieux. Voilà les poupons.

Horreur! Magali pique une crise au-dessus des fourmis démembrées et agonisantes. À croire qu'elle a été leur reine dans une autre vie.

— Mais elles vont mourir! Ne jamais revoir leurs amies fourmis! Et tout le travail qu'elles ont fait… Vous êtes des meurtrières! Bonnes pour la prison! crie-t-elle aux jumelles.

Mais les jumelles, un peu plus vieilles que Magali, fières de leur pouponnière, ne se laissent pas invectiver de la sorte et répliquent aussitôt:

— Voyons donc, c'est juste des fourmis! Y'en a des millions. Ça n'a même pas de cerveau. Ou bien aussi petit que le tien.

Elles se mettent à rire et à scander ensemble:

— Magali, la fourmi! Magali, la fourmi!

Magali éclate en sanglots, plutôt qu'en mots. C'est maintenant que Luc doit intervenir, grand chevalier au secours de sa princesse, et trouver les bonnes paroles, le geste leste: exercice de patience et de diplomatie.

— Voyons, les jumelles! Ça vous donne quoi de vous en prendre à Magali? Elle a déjà assez de peine comme ça. Magali respecte toutes les sortes de vie, même celle des insectes. On ne peut pas lui chanter des bêtises pour ça!

— Elle est bébé, reprend l'une.

— Et niaiseuse, renchérit l'autre.

Les antennes s'affaiblissent. Sous le soleil, les fourmis expirent. Quelques soubresauts encore, un à un, les messages codés sur les segments des appendices s'estompent. Magali est horrifiée, Luc fulmine. Est-il possible que la mort de quelques fourmis déclenche une guerre dans le quartier? Oui!

Magali veut alors emporter les petites boîtes pour les enterrer dans son cimetière. Les jumelles s'y opposent radicalement. C'est leur jeu, elles ont travaillé des heures pour le construire et elles le gardent!

— Au moins les fourmis! Donnez-moi au moins les fourmis! pleure Magali. Je vais vous donner des pois à soupe à la place pour faire vos petits bébés.

Magali tend des mains tremblantes pour prendre les insectes. Soudain, trop de mains dans la pouponnière, trop de colère. Déchirure des murs. La main d'Annie Simard part dans un grand geste qui aboutit sur la joue de Mag. Celle-ci, insultée, se met à pleurer de rage. Julie pousse Luc qui rattrape aussitôt son attaquante par le collet. Ça suffit! De l'autre main, Luc empoigne Annie par le chandail, la soulève de terre pendant que Julie lui donne des coups de pieds sur les tibias. Luc saisit le bras de Julie et serre un peu. Il les retient ainsi pendant que Magali s'empare des fourmis moribondes qu'elle emporte loin, au creux de sa main, en courant de toutes ses forces.

Les petites Simard crient des injures. Mais Luc les menace à son tour. Après tout, ce sont elles qui ont déclenché le conflit en proférant des insultes.

— Menteur! Nous, on jouait bien tranquillement avec notre hôpital, on ne faisait rien de mal! Toi, t'es rien qu'un vicieux, on t'a vu faire, l'autre soir, dans ta chambre. On pourrait le dire.

Les mesquines! Jusqu'où iraient-elles pour se venger? Luc laisse là ces deux harpies, griffant et crachant, pour aller retrouver Magali au plus vite.

Jusque tard dans la soirée de ce dimanche, Luc complète les recherches, structure ses notes, rédige le contenu, retranscrit au traitement de texte, relit, réécrit pour enfin terminer le travail d'éthique et culture. Le but ultime de tant d'efforts : séduire enfin celle que son cœur a choisie. Un peu avant minuit, un visiteur le surprend : son père passe la tête dans l'encadrement de la porte :

— Tu n'as pas encore fini tes devoirs à cette heure ? remarque-t-il. Tu vas encore te coucher trop tard ! Un gars de ton âge doit dormir au moins huit heures par nuit.

— Je sais, mais c'est un travail important. La présentation orale est demain matin.

— Pauvre Luc, en terme de planification d'horaire, tu ne vaux pas grand-chose ! Un agenda, tu connais ?

— Oui, bien sûr. Justement, il est plein !

Comme il est trop tard maintenant pour rejoindre sa coéquipière au téléphone, Luc laisse un message dans la boîte vocale sans faire sonner l'appareil de peur de réveiller sa famille. Il lui explique qu'il lui a transmis par courriel le travail complété, avec des phrases clés qui aideront à la présentation. Ils se verront tôt à la poly demain matin, le temps de faire une générale et d'ajuster les derniers détails. Il a également transmis le texte à Martineau.

Le lendemain matin, encore le branle-bas de combat dans la maison. Crise maternelle, peine sororale, absence paternelle et nouvelle désertion reptilienne.

— Luc! Viens vite! Il faut absolument que tu la trouves. Quand vas-tu enfin nous en débarrasser? Là, je n'en peux plus!

— Il faut attendre le soir de la pleine lune. J'ai inventé une histoire à Mag pour ne pas lui faire de peine. C'est une sorte de promesse. Essaie de patienter jusque-là. Je vais tout arranger. T'inquiète pas.

Luc déplace la sécheuse, inspecte partout derrière. Vient le tour du réfrigérateur, de la cuisinière, du sofa… Luc Jolicœur, déménageur! Mais sous tous ces meubles géants, rien… rien que des bergeries de moutons de poussière.

— Cherche encore. Pas question que j'aille au bureau en sachant que la couleuvre se promène dans la maison.

— Mais je vais manquer l'autobus et arriver en retard à l'école.

Maman se met à trembler et à crier:

— J'appellerai à l'école pour leur donner la raison. J'irai t'y conduire. Et puis, je serai, moi aussi, en retard au bureau de toute façon. On s'en fout! L'important, pour l'instant, c'est de retrouver cette couleuvre diabolique. Elle porte malheur!

L'autobus passe, la couleuvre reste introuvable. Le rendez-vous avec ses équipiers pour la répétition générale est manqué. Pire, la présentation de l'exposé oral… Tout chavire à cause d'un ridicule reptile?

Au bout d'une heure infernale, Luc retrouve Coquine entortillée sous une plinthe de chauffage. Cette fois, il ne la remet pas dans le vivarium car elle connaît tous les trucs houdiniens pour en sortir. Il l'enferme plutôt dans un sac de toile solide dont il plie et replie l'ouverture qu'il referme en nouant une corde autour. Il place ensuite le sac dans le réfrigérateur du sous-sol, dans le tiroir à viandes. Comme ça, à quatre degrés Celsius, la couleuvre abaissera son métabolisme pour entrer dans une sorte de torpeur, une hibernation artificielle. Voilà, l'affaire est dans le sac et la belle Coquine au frigo dormant jusqu'au soir de la pleine lune. Maintenant, vite, on attrape sacs à dos et sac à main. La porte claque. Clic! Verrouillée. Sans toucher terre, Mag atterrit dans l'auto. Luc boucle la ceinture de sa sœur, la sienne. Maman démarre. Moteur, en route. Maman a oublié d'appeler à l'école, s'excuse.

○

Juste un peu trop tard… Luc arrive juste un peu trop tard. À son entrée dans la classe, tous les étudiants tournent des têtes moqueuses vers le retardataire tandis que deux paires d'yeux le torpillent sur le mur du fond. Mireille et Martineau, devant le groupe, en sont à la conclusion de la conception aristotélicienne de la Nature dans sa finalité. Fatalité! Mme Bélanger demande:

— As-tu un billet de justification pour ton retard, Luc? Personne n'a avisé le secrétariat, que je sache.

— Je l'apporterai au prochain cours, Madame.

— J'espère que tu as une excellente raison. Tu as abandonné tes coéquipiers pour l'exposé. C'est un manque d'éthique inconcevable. Venant de ta part, cela me déçoit énormément. Quelle est cette raison? La vérité!

— Ma petite sœur avait un problème.

— Quel genre de problème? insiste Mme Bélanger.

— Elle avait perdu sa couleuvre et…

Un étudiant s'esclaffe avant de chuchoter pour ses voisins:

— Et il lui a montré la sienne, mais ça ne l'a pas consolée !

Sous les tonnerres de rire, Luc s'approche alors de l'enseignante pour lui donner discrètement la fin de l'explication à propos de l'urgence de la situation étant donné la phobie de sa mère face aux reptiles, et les crises de panique qu'elle peut faire.

— Très original, fait Mme Bélanger, sceptique. J'appellerai votre mère ce soir pour connaître sa version de l'histoire.

— Pas de problème, elle rentre du travail à 17 h.

Mme Bélanger comprend alors que Luc ne bluffe pas. Cependant, les épaules du reste de la classe continuent d'être secouées par des spasmes de rire retenu. Luc plaque ses mains sur ses oreilles pour ne plus rien entendre. Il voit cependant les lèvres qui rient, qui articulent des commentaires chuchotés qu'il imagine plus abjects les uns que les autres. « Tiens, le Cerveau, dompteur de serpents ! » « Est-ce que tu as caché la couleuvre dans ton pantalon ? » « Avec ta petite sœur… Hum ! C'est de l'inceste… » « Aimes-tu ça, quand sa petite langue te chatouille ? » « Combien tu charges pour des strip-teases avec serpents ? » Il ne sait plus ce qu'ils disent, il veut les ignorer. Ce qu'il imagine est peut-être bien pire, en fait. Silencieux, Luc marche sur la pointe des pieds, en regardant bien là où il les pose. Il a envie de répondre : « Rentrez donc vos grandes langues de vipères ! J'ai failli marcher dessus ! » Luc s'assoit à sa place, envahi par un bouillon de colère. Il n'écoute pas l'exposé suivant, ni d'ailleurs le reste du cours. Il ouvre son journal.

Chère Joëlle,

Ce que je peux les détester, parfois ! Je voudrais leur couper la langue, leur arracher les yeux... pour en faire de la soupe. Mais encore, leurs yeux continueraient de me juger, leurs langues, de calomnier. Une bouillie de médisance ! Même si on leur extirpait ce qui leur sert de cerveau, ça ne ferait aucune différence. Aussi bien cultiver des petits pois que de perdre mon énergie à tenter de cultiver ces cervelles. Quel autre sort je pourrais bien leur réserver : les faire chanter sur tous les tons ? Premièrement, je pourrais les pendre par les couilles pour qu'ils serinent comme Mariah Carey, puis, les faire marcher sur des tessons de bouteille pour qu'ils hurlent comme Éric Lapointe, enfin, leur faire avaler dix râpes à fromage pour qu'ils grognent comme Garou.

Tu n'aimais pas que je taise et refoule mon agressivité. Tu disais qu'un jour ou l'autre, ça éclaterait autrement, en pire, comme un vieil abcès purulent... Tu me disais que j'avais un étrange pouvoir, une sorte de magnétisme qui pourrait être terrible, dangereux, si je n'arrivais pas à le contrôler. Je ne veux pas de ce pouvoir; il me nuit bien plus qu'il ne m'aide. Si je le laissais aller, ce serait terrible. C'est un pouvoir destructeur, qui me donne un regard tordu. Pourtant, je pourrais voir la chose tout autrement. Peut-être que les étudiants voulaient juste rigoler? Peut-être qu'à leur façon, ils veulent me lancer des perches? Peut-être que c'est encore un symptôme de mon complexe de persécution, comme disait le psy? Ma façon d'expier ta mort? Je ne sais plus.

Pourquoi je suis comme ça? Cette dualité entre le méchant et le lâche? Et pourquoi les autres m'énervent-ils tant? Je ne me sens pas bien. J'en ai mal dans la poitrine.

Puis, il dessine des caricatures: Petite Blatte avec une tête humaine, sur un corps de coquerelle, punaisé au mur dans une expression de désarroi, Alex avec un guidon de MBX lui traversant le crâne, Grand Héron avec une hache plantée au milieu de la chevelure, des corps à moitié décomposés, un grand bol de sang dans lequel nagent des langues, des yeux, des intestins, des membres coupés.

À la fin de la période, il tente un regard vers elle, assise au fond de la classe. Elle répond par une nouvelle fusillade oculaire, détourne le regard et chuchote quelque chose à Martineau qui, assis près d'elle, au lieu d'être hypnotisé par les mots et les lèvres de sa consœur, tourne lentement la tête en direction de Luc, lui sourit en écarquillant les yeux, ce qui lui donne un étrange air admiratif qui se transmue peu à peu, à mesure qu'il penche la tête sur le côté, en un regard qu'on dirait attendri. Luc constate que Martineau n'a pas ri, ni fait de remarque désobligeante, il n'en fait pas souvent. Il a ses défauts, mais conserve un certain sens de la loyauté.

À la sonnerie, Luc s'empresse dans le raz-de-marée d'étudiants qui afflue vers la porte de sortie. Il tente de la rattraper pour s'excuser. Elle discute avec Martineau pour le remercier d'avoir si bien présenté la partie de Luc, sans paniquer.

— Je connaissais bien le contenu… répond Martineau. J'ai tellement lu sur le sujet!

Ce cher Martineau. Il ose se vanter alors qu'il lit si peu! Luc devine bien ses intentions: jouer encore à la vedette.

En plus, ce midi-là, comble de malheur, au lieu de manger à la cafétéria avec son groupe de copines, Mireille dîne avec Martineau au café-terrasse. Bouillon d'envie dans le cœur, charpie dans le ventre, Luc mange en soldat, les écouteurs sur les oreilles, dans une bulle de musique, loin, loin des autres. Il se désole de la difficulté qu'il éprouve à aborder cette mystérieuse fille. Son bateau prend l'eau. Encore une fois, Martineau a eu plus de succès en lui damant le pion, en faisant le paon. Pourquoi s'intéresserait-elle à ce coureur de melons, ce botteur de ballons, ce tâteur de pastèques ? Serait-elle, elle aussi, attirée par les vedettes sportives et les gros muscles ? Pourtant, Luc pourrait lui offrir le raffinement qu'elle mérite. Tous les matins du monde, il voudrait ouvrir ses yeux auprès d'elle, lui réciter Verlaine.

Chère Joëlle,

Comment savoir si on peut approcher davantage, toucher les cheveux, l'épaule, la lèvre, sans passer pour un macho ?

Je suis un pleutre. Pourquoi ai-je tant de difficulté à entrer en contact avec les autres en général et avec cette fille en particulier. Il n'y a qu'avec Magali que j'y arrive. Autrement, je perçois trop de messages non verbaux et je fige. En réalité, j'ai bien plus peur du non-dit que des mots dits.

Pendant que Luc écrit, Martineau se pointe, agité, souriant et tout ému. Il est content et tient particulièrement à remercier Luc de cette stratégie surprise. Cette absence à l'exposé n'a-t-elle pas donné à Martineau la chance de se faire valoir auprès de tout le groupe ? Martineau n'en finit plus de remercier, c'en est presque gênant. Jamais quelqu'un n'en a fait autant pour lui. Il n'en revient pas que Luc ait pu mettre en péril ses résultats scolaires pour aider sa cause grâce à la partie du travail qu'il lui a transmise par courriel la veille. Cette interprétation renverse Luc littéralement. Sous l'effet de la surprise, il ne trouve plus les mots. Doit-il remettre les pendules à l'heure et raconter la vérité ? Tout ce qu'il a envie de répondre, spontanément, c'est « Fous-moi la paix ! » Mais il n'en fait rien. Après quelques secondes de réflexion, il se dit que mieux vaut laisser courir cette fausse version des faits. Un juste retour des choses surviendrait sûrement plus tard, un retournement dont Luc pourrait profiter. Pour l'instant, il pense au bonheur, celui que l'on donne à l'autre. Alors, il se lève et s'impose un autre devoir de vie sociale. Il se surprend lui-même en s'entendant répondre :

— Ça me fait plaisir, Martineau.

6

LES MAUX DE CYRANO

Mardi. Plus que dix jours avant le bal des finissants. Pour Mag, c'est le compte à rebours vers la pleine lune. Elle marque d'une croix chaque jour qui passe sur un calendrier qu'elle a épinglé près de son lit. Luc, lui, étudie, besogne et planifie. Tant de choses restent à faire. Ne rien oublier, surtout, ne pas céder à la panique et agir avec méthode. Penché sur un cahier, au café-terrasse, il complète la liste des gens à joindre pour le tournoi d'improvisation. Martineau atterrit près de lui, comme une mouche sur la soupe, et le fait sursauter :

— Il y a un problème, Luc, commence Martineau tout agité. J'ai su par Caroline que Mireille n'avait pas de cavalier pour aller au bal...

Bon, ça y est, pense Luc, Martineau veut maintenant se mêler de ses amours et lui apprendre comment inviter une fille au bal. C'est le comble ! Lui, Martineau, dont les manières sont si peu raffinées...

— Et alors, où est le problème ? demande Luc en soupirant.

— Le problème, c'est que… Mireille a l'air d'être une fille compliquée…

— Eh bien, crache ! Tu veux que je l'invite ?

— Oui, c'est ça… Que tu l'invites pour moi ! J'aimerais beaucoup sortir avec cette fille. Elle a du genre. Il me semble qu'on ferait un beau couple. Mais le problème, c'est que j'ai tellement peur de me faire dire non en pleine face, confie Martineau. Tu ferais ça pour ton bon copain, hein ? Tu as le tour avec elle. Tu sais toujours exactement quoi dire. Tu trouveras sûrement la façon de me mettre en valeur. Tu me connais depuis le primaire. Avec ton beau vocabulaire, tu pourrais lui vanter mes qualités, en oubliant mes défauts, bien sûr… Il n'y a qu'à toi que j'ose demander ça.

Martineau termine même sa phrase en posant une main sur l'épaule de Luc comme s'il avait toujours besoin de toucher pour mieux se faire comprendre. Vraiment, en voilà un qui ne manque pas de culot ! Ou de courage… Luc est stupéfait par cette marque de confiance. Peut-être est-ce là enfin l'occasion de laisser tomber les armes ? Peut-être qu'après tout, la meilleure façon de se débarrasser d'un ennemi est de s'en faire un allié. Et puis, espère Luc, même avec les stratégies les plus sophistiquées, Martineau se coulera lui-même tôt ou tard auprès de Mireille. D'un autre côté, Martineau doit continuer d'ignorer à quel point Luc est fou d'amour pour elle. Surtout, il ne faut rien lui confier, ni à personne d'autre. Alors, place au théâtre! Le nouveau masque sera celui de Cyrano de Bergerac, nez en moins!

Luc s'éclaircit la gorge, réfléchit, prend une grande respiration. Il connaît bien Mireille, il sait qu'on ne doit pas la toucher physiquement et, pour Luc, élaborer des plans est une spécialité. Des plans qui prennent des tournures inattendues, des plans parfois machiavéliques, mais enfin... Ne dit-on pas que la fin justifie les moyens?

— Je veux bien t'aider et j'ai une idée. Pour l'invitation, nous allons lui envoyer un courriel romantique. Je vais l'écrire à ta place. Je connais de nombreuses techniques de séduction pour approcher les filles. J'ai beaucoup lu là-dessus. Je vais t'apprendre...

— C'est bien, Luc, mais promets de ne raconter ça à personne. Je ne veux pas passer pour un con. Jure-moi!

— C'est juré!

Martineau sourit et, après un silence de satisfaction, il reprend la parole pour changer de sujet.

— Et toi, est-ce que tu invites une fille pour le bal?

— Pas le temps, pas pressé de rencontrer, pas de candidates intéressantes. Et puis, je suis impliqué dans trop de choses pour l'instant, lui répond Luc un peu évasif.

Les deux conquérants se rendent à la bibliothèque où ils s'installent devant un ordinateur et se mettent à chuchoter. À partir de l'adresse courriel de Martineau, Luc écrit l'invitation. Mais avant tout, il explique le protocole épistolaire de la conquête féminine, protocole qu'il connaît théoriquement, mais qu'il n'arrive pas à mettre en pratique lui-même. Les conseils semblent si simples quand on les donne à quelqu'un d'autre.

— Tu vois, il ne faut pas être direct, mais utiliser le mystère, le non-dit, tordre les phrases pour que la destinataire puisse mieux lire entre les lignes. Trop cru, c'est mortel! Trop de brouillard, c'est l'incompréhension. Alors, il faut juste un peu de brume.

— Et quand je serai avec elle, qu'est-ce que je lui dirai? Comment me comporter?

— Là, c'est très simple. Il faut flatter, mais avec doigté. Oublie les phrases comme

«Qu'est-ce que tu manges pour être belle de même?» ou bien «T'as donc bien des beaux yeux!» Et surtout, pas de grivoiserie. Il faut de l'étiquette. Lui parler d'elle, mais pas de toi. Lui faire sentir qu'elle est unique, importante, mais pas trop parce qu'elle risque de s'enfler la tête et de t'utiliser ensuite comme un faire-valoir, pire, comme une carpette sur laquelle elle s'essuiera les pieds. Sans être prétentieux, il faut montrer une ferme assurance et, en même temps, une certaine désinvolture. Tout est dans la finesse de la nuance.

— Et tu trouves ça simple, toi? Ça me paraît pire que la trigonométrie! Tous ces grands mots... Comment on peut appliquer ça, dans la vraie vie: la ferme assurance mêlée de désinvolture?

— Si, c'est très simple... tu la fais parler, tu lui poses des questions, tu l'écoutes et tu la regardes dans les yeux. C'est tout!

— Et si elle me pose des questions à son tour?

— Tu réponds brièvement, en souriant, sans jamais t'étendre sur le sujet. Tu ne parles pas de sport, pas d'auto, pas de politique, pas d'argent ni de tes problèmes familiaux et encore moins de tes ex-blondes.

— Alors, je vais lui parler d'elle, lui dire comment je la trouve belle…

— Surtout pas! Il faut qu'elle espère ce compliment, qu'elle en vienne à le mendier presque. Si tu lui vantes trop rapidement ses qualités physiques, il y aura un changement dans le rapport de force. Elle aura trop d'assurance et elle pourrait avoir tendance à expérimenter ses charmes ailleurs. Donc, pas un mot sur son corps. Pas un toucher, pas même un effleurement. Toujours maintenir la distance nécessaire pour lui permettre d'avancer.

— Mais qu'est-ce que je vais faire?

— D'abord, tu dois cibler son côté cérébral, l'aborder par l'intelligence. Tiens, cite-lui les écrivains illustres, les grands philosophes. Elle apprécie par-dessus tout la subtilité, la délicatesse, la culture.

Luc s'installe au clavier et se met à écrire pendant que Martineau s'approche plus près et encore plus près pour lire par-dessus l'épaule de son ami, jusqu'à ce que Luc sente son souffle sur sa nuque:

Bonjour,
Selon la célèbre Marie von Ebner-Eschenbach,
il y a deux catégories d'êtres intelligents, ceux
dont l'esprit rayonne et ceux qui brillent: les

premiers éclairent leur entourage, les seconds le plongent dans les ténèbres. Or, chaque fois que l'occasion de discuter avec toi s'est présentée, une nouvelle lumière m'est apparue. Tu m'éclaires. Quand je t'écoute, jamais je ne m'ennuie, toujours, j'apprends beaucoup. Aussi, ai-je une humble demande à te formuler.

Il est bien connu que le bal des finissants est l'occasion pour plusieurs de sombrer dans les litres d'alcool jusqu'à avoir les pieds ronds et le cerveau embrumé. Or, si tu préfères que cet événement soit plutôt un moment pour dialoguer à un autre niveau, une occasion à saisir pour nous permettre d'approfondir nos pensées, ce serait un honneur pour moi si tu voulais m'y accompagner.

Je garde l'espoir d'une réponse positive, car, comme l'écrivait notre cher Victor Hugo :

L'espoir, c'est l'aube incertaine ;
Sur notre but sérieux,
C'est la dorure lointaine
D'un rayon mystérieux.

Connaître davantage ton mystérieux rayonnement, sans nulle autre attente, est tout ce que je demande.

En toute simplicité… Charles Martineau

Une fois le message transmis, il n'y a plus qu'à attendre la réponse. Le lendemain matin, à la polyvalente, Martineau intercepte Luc avant le premier cours.

— Je n'en peux plus. Je deviens malade. J'ouvre Internet toutes les cinq minutes, rien, toujours rien, pas de réponse. J'ai passé une soirée infernale.

Luc a beau lui énumérer les raisons possibles et impossibles d'un éventuel retard à répondre, Martineau le fataliste s'obstine à inventer des chimères qui minent son *ego* :

— Je ne suis pas assez brillant pour elle, se plaint-il. L'autre jour aussi, j'ai trop parlé de soccer, j'ai dû l'ennuyer. Et puis, c'est une ambitieuse qui, pour l'instant, n'a rien à cirer d'une histoire d'amour. J'abandonne… Elle est trop compliquée ! Au pire, si elle ne vient pas avec moi au bal, toi, tu pourras me tenir compagnie…

— Eh ! Oh ! Laisse-lui le temps de respirer ! Il n'y a même pas vingt-quatre heures que notre courriel est parti. On se calme. Tu verras, demain matin, tu auras ta réponse, promet Luc. En attendant, relaxe, et, ce soir, dors sur tes deux oreilles. Comme dirait Rostand, « c'est la nuit qu'il est beau de croire à la lumière ». Tiens, tu pourras lui dire ça, à elle.

Martineau, fidèle à son exubérance, remercie Luc par des accolades exagérées qui le font réagir. Il n'aime pas que Martineau entre ainsi dans sa bulle. Il aurait juste envie de lui dire de dégager. Mais il préfère se taire pour éviter le conflit.

Le lendemain, dès son arrivée à l'école, Luc voit apparaître un Martineau tout souriant qui, dans le plus grand secret, déplie devant ses yeux le message reçu et imprimé tôt le matin.

Voilà une offre qui me semble des plus honnêtes et qu'il m'est difficile de décliner. Nous trouverons sûrement quelque part un espace propice à la discussion.

Cependant, rappelle-toi qu'il n'existe pas de lumière sans ombre. Alors, à tes risques et périls…

L'euphorie de Martineau est éphémère, car tout de suite après, le fataliste refait surface :

— Au secours ! Je n'arriverai jamais à tenir une conversation profonde avec elle pendant plus de deux minutes. Faudrait que tu restes avec nous pour parler.

— Voyons donc ! Qu'est-ce que je ferais là ? Voilà ce que tu vas faire…

Luc sort de son sac un recueil d'aphorismes et de pensées philosophiques, et le remet à Martineau.

— Chaque soir, tu apprends par cœur cinq ou six citations. N'oublie pas de mémoriser aussi le nom des auteurs. Ça se place toujours bien dans la conversation. Tu auras l'air très cultivé. Il suffit de ne jamais répéter les mêmes.

— Hum! C'est bien trop long, apprendre tout ça par cœur! répond Martineau en consultant rapidement l'ouvrage.

— Si tu veux la séduire, il faut l'impressionner. La seule façon, c'est par l'esprit. «Quand on se fait entendre, on parle toujours bien.» Molière! Tu vois! C'est très facile. Alors…

— Pourquoi me forcer autant? Pourquoi ne pas se fier au destin?

— Le destin? Comme si tous les événements nous tombaient sur la tête, comme ça! On n'aurait qu'à s'asseoir et à attendre que Monsieur Destin s'amène. Franchement, non! Il faut forcer les choses. «Nous aurons le destin que nous aurons mérité.» Albert Einstein! ajoute Luc du tac au tac.

— Jusqu'à maintenant, ce que je semble mériter, c'est une série d'épreuves… En sport, par exemple. J'ai travaillé fort, je suis parti de rien, gros comme un pou. Là, mon acharnement a été récompensé. Mais en amour… échec sur échec. Au bout d'un temps, ça ne fait jamais. Ça tourne au vinaigre et je finis toujours par m'engueuler avec mes blondes, à les trouver moches.

Luc connaissait un peu le parcours amoureux de ce sportif axé sur la performance. Ses coups de foudre semblaient invariablement se muer en relations caustiques qui corrodent le cœur, des échanges acides qui décapent les reins !

— Bon, bon, bon. Assez de jérémiades et rappelle-toi simplement ceci : « Quand la vie te donne du citron, fais de la limonade. » Tout est une question d'attitude…

Martineau répète à voix basse le proverbe. Mémoriser mot à mot est le genre de truc qui lui donne beaucoup de fil à retordre. Et ça, Luc le sait très bien. Justement, c'est la tactique.

— « Quand la vie te donne du citron, fais de la limonade. » Ah ! Je l'aime bien, celle-là. Je vais m'en souvenir. Tu l'as trouvée dans le bouquin aussi ?

Au signe affirmatif de Luc, Martineau prend le recueil qu'il feuillette rapidement avant de le placer sous son bras. Il s'éloigne d'un pas décontracté, sans oublier de se retourner pour jeter un regard vers Luc et lui adresser un clin d'œil.

Cours de français. Révision des figures de rhétorique, un aspect qui a fasciné Luc la première fois, mais après trois séances de redites sur la différence entre la litote, l'euphémisme et l'hyperbole — pour ceux qui n'ont pas encore compris — il en a marre. Ses pensées dérivent. Il pense à Martineau qui a le béguin pour la même fille que lui. Il n'en revient pas : elle l'accompagnera au bal. Et grâce à qui ? À lui-même, Luc Jolicœur, vaillant serviteur ! Ironie du sort. Il prend son journal, il écrit :

Chère Joëlle,

Ça fait mal, ce grand trou dans le ventre. J'ai peur qu'on voie à travers moi, souffrance de bord en bord. Mais pas question de faire l'homme cellophane ou d'être le pion dans cette histoire. J'enfile masque et carapace en me répétant qu'il n'y a pas de petits rôles, mais que de petits acteurs. Je continue de jouer le mien parfaitement pour récupérer plus tard la situation. C'est certain. La loi du retour me le rendra au centuple. Je vais suivre les bons conseils de Nietzsche : « L'homme a besoin de ce qu'il a de pire en lui s'il veut parvenir à ce qu'il a de meilleur. » Diabolique, n'est-ce pas ?

Tu étais loyale et franche. Avec toi, les choses allaient de soi, sans qu'on se pose de question. Tu me disais mes quatre vérités en pleine face. Une douche d'eau froide qui choque et surprend sur le moment, mais qui ravigote après coup. Tu m'aurais dit, toi, ce qui va de travers dans mon cerveau, mon corps. Pourquoi je n'ai toujours pas connu l'amour ? Est-ce que je suis trop mince ? Est-ce que j'ai l'air gay ? Looser ? Rejet ? Qu'est-ce qui cloche ?

Quand la cloche sonne, le journal de Luc est toujours ouvert sur le coin du bureau. Mireille passe et y jette un œil. Elle a le temps de lire le nom de la destinataire. Curieuse, elle demande qui est Joëlle. Luc ferme vite le livre et répond sur un ton faussement neutre qu'il s'agit d'une vieille amie. Il ne veut surtout pas avouer qu'il s'agit de sa sœur morte, ce qui pourrait laisser croire qu'il est fêlé. En fait, il est très mal à l'aise de cette intrusion et, en même temps, plutôt heureux que la fille de ses rêves s'intéresse à lui. Elle va même jusqu'à demander, après une seconde d'hésitation, pourquoi il écrit à cette amie dans son journal.

— Parce qu'elle habite très loin maintenant, bafouille-t-il. Je lui écris dans mon journal dès que j'ai une idée ou une minute et, le soir, je retranscris dans un courriel.

Elle n'insiste pas et, l'air un peu déçue, passe son chemin en regardant par terre. Que va-t-elle imaginer? Que Joëlle est la petite amie de Luc? Il vient de rater une belle occasion d'établir un contact plus intime. Pourquoi perd-il ses moyens dès qu'il la voit maintenant? Il se sent devenir rouge poivron, avec le cœur gros comme un petit pois numéro un. Après coup, il s'en veut telle-ment de n'avoir pu inventer autre chose.

Pendant la séance de travail en équipe du cours suivant, Mireille se plaint à Martineau des difficultés qu'elle éprouve à résoudre ses problèmes de maths. Lui, fort de ses récents apprentissages sous la rubrique maximes et aphorismes, s'approche d'elle et cite, tout fier:

— Quand la vie te donne du bonbon, fais de la marinade.

Mireille fronce les sourcils, puis rigole un peu lorsqu'elle constate que Martineau a tordu le proverbe initial. Elle fait remarquer qu'il a même inversé le sucre et l'acide, et se demande si, avec lui, tout ce qui est doux tournerait ainsi au vinaigre.

Première prise! Et quand la vie te donne un cornichon, fais de la rigolade! pense Luc qui se mord les joues pour ne pas rire aussi. Martineau, cornichon en boîte, gagne sa place en silence, un aigre sourire aux lèvres. À la fin de la journée, en déconfiture, il suit Luc comme une mouche à merde.

— Tu vois bien, je ne fais que de la marmelade avec ce genre de citation. Quand je veux être cérébral, tout foire! Je suis zéro en mémoire et en répliques planifiées. Je suis bien meilleur dans les situations improvisées où je peux me servir de mon physique, ajoute-t-il avec un sourire frondeur et le torse bombé. Je me demande finalement si je devrais suivre tes conseils…

— Ah bon! Eh bien, si tu te sens d'attaque pour l'improvisation, il manque un joueur dans l'équipe des Coussins pour la finale de vendredi. Tu pourrais être substitut et alors, tu pourrais faire valoir tes talents auprès de ta belle car elle assistera au match avec ses copines. Aussi, j'ai su qu'elle comptait venir au feu de camp chez Pierre, le *coach*, après le match. Si cela t'intéresse… c'est une autre chance pour toi.

Martineau plisse les yeux pour mieux réfléchir. Selon lui, l'improvisation n'est qu'un jeu incohérent où il suffit de faire le pitre pour devenir la vedette. Il se sent de taille et ce défi l'attire. Ainsi, la délibération ne dure pas longtemps : il donnera son nom dès aujourd'hui au *coach* des Coussins. Mais avant de tourner les talons pour se rendre au gymnase, il demande :

— Et qui affronte Les Coussins ?

— Mon équipe, Les Poufs, répond Luc sur un ton malicieux.

Martineau redresse les épaules, selon sa façon, pour montrer son assurance. Cependant, un léger mouvement du sourcil droit trahit une vague inquiétude.

Le vendredi soir, dans l'arène d'improvisation, la lutte est serrée. Les Coussins et Les Poufs, c'est bien connu, sont des équipes de haut calibre. Craignant son manque d'expérience et son indiscipline, le *coach* des Coussins préfère garder Martineau sur le banc la plupart du temps. Pourtant, lors des caucus, celui-ci y va de tornades d'idées, de gesticulations et de mimiques que le capitaine ne trouve jamais assez géniales. La seule fois où il a pu intervenir, Martineau a été puni pour un manque d'écoute flagrant. À la mi-temps, Martineau n'a traversé la bande qu'une seule fois et son impatience frise maintenant l'agressivité. Comment impressionner l'objet de sa conquête s'il ne joue pas?

Pendant la pause, il prend le capitaine à part et lui parle à voix basse. Luc le regarde faire. Sans doute Martineau est-il en train de le soudoyer pour qu'il le fasse intervenir en deuxième partie. À la fin de leur conversation, Martineau arbore un sourire de satisfaction et donne une tape sur l'épaule de son capitaine.

Coup de sifflet, la partie reprend et l'arbitre lit les contraintes du prochain sketch: «Improvisation de type comparé ayant pour thème *L'éclosion*. Un joueur par équipe. Durée: deux minutes trente. Catégorie: rimes et vers. »

Les Coussins doivent casser la glace. Martineau s'élance sur la scène dans toute sa fierté. En passant devant le public, il ne manque pas de lui adresser son sourire charmeur. Ensuite, au centre de la petite arène, il s'accroupit pour se mettre en boule. Au début, il ne bouge pas, puis, l'enchaînement du numéro est tout ce qu'il y a de plus prévisible: il bouge avec difficulté, coincé qu'il est dans un espace réduit. Ensuite, avec sa main qu'il place près de sa bouche en guise de bec, il fait semblant de frapper sur la coquille d'un œuf imaginaire. De temps en temps, il émet de faibles cui-cui. Et il continue ainsi pendant deux minutes qu'il doit égrener dans sa tête afin de calculer le moment précis d'une finale guillotine. À deux minutes, il ouvre les bras, se lève, étire son grand corps musclé, relève le bas de son chandail pour exhiber ses abdominaux taillés comme les carrés d'une Caramilk et ses pectoraux d'acier doré, il se regarde puis ondule les hanches avec sensualité avant de prononcer enfin: «Je suis un doux poussin petit, petit, sorti de mon œuf où j'ai long-temps dormi.» C'est tout! Comme il a ter-miné avant le chronomètre, il reste là, sans trop savoir que faire, outre un fou rire qui commence à le secouer. Or, pour ne pas perdre la face et faire son drôle, il s'approche de Josée, l'arbitre du match, en se déhanchant de provocante façon, va même jusqu'à la toucher en la regardant langoureusement dans les yeux. Il ajoute en désignant son entrejambe: «Mais j'ai là un poussin pas encore éclos. Seulement si tu le manges, il deviendra gros, gros.» Au fond de la salle retentit le rire des amis de Martineau, ce qui a un effet contagieux sur le joueur qui, lui-même, ne peut plus contenir son fou rire.

Coup de sifflet : l'arbitre ne l'a pas trouvé drôle et y va d'une énumération que Martineau ne semble pas trop comprendre : cabotinage, décrochage, non respect de l'arbitre. « Le joueur Martineau, qui cumule plus de trois pénalités, est expulsé ! » Prise deux, exactement comme Luc l'avait prévu.

Vient le tour de l'équipe des Poufs. Pour les rimes et vers, le *coach* désigne Luc, comme il le fait presque immanquablement en de pareilles circonstances. C'est qu'il connaît le vaste registre de vocabulaire de son joueur, sa facilité d'expression, son goût pour la littérature. Luc s'avance, le visage transi, au milieu de la scène. Dans un geste dramatique, il pose ses deux mains sur son cœur comme s'il voulait l'arracher. Il pousse un long gémissement, se tord de douleur. Puis, marchant lentement le long des bandes comme une âme errante, il déclame un long poème racontant l'histoire d'un jardinier heureux et solitaire qui, un jour, a contracté un étrange mal. Il termine ainsi :

Le jour où je t'ai vue
Une plante maléfique
A germé à mon insu
Comme un haricot magique.

Pour terreau, elle a choisi mon cœur
Comme abri, une chanson
Ses racines prolifèrent d'heure en heure
Et envahissent ce qui me reste de raison.

Ses branches et rameaux
Ont sans ménagement
Usurper mes artères, mes vaisseaux
Figeant l'écoulement de mon sang.

L'herbe folle, de l'arbre, prend les dimensions
Ses racines fouissent en mon âme, toujours
    plus creux
Mais la fleur loin de tes attentions
Ne peut s'épanouir en ce lieu.

Comment s'est introduit
Ce sentiment déséquilibré
À l'inflorescence affadie
Aux tubercules démesurés ?

Il se tourne vers la salle, scrutant les
visages un à un, pour arrêter son regard dans
celui d'une personne en particulier : elle.
Alors seulement, il prononce la dernière
strophe :

C'est toi qui as semé dans la fissure
Une graine folle et acharnée

Qui pousse à l'aventure
Sans avenir, incontrôlée.

Puis, il se laisse tomber sur le sol, comme un grand arbre, au son de la clochette annonçant la fin de l'improvisation.

C'est l'ovation debout. Luc se relève et salue avec un sourire de fausse humilité. Il la regarde encore une fois, debout elle aussi, pleine d'enthousiasme. Que traduisent de si vifs applaudissements ? Le ravissement ? Luc espère tant avoir visé juste cette fois.

7

JOLICŒUR, LE SAUVEUR

Grâce à cette performance, les Poufs remportent le championnat régional du niveau secondaire. La première étoile est décernée à Luc, mais il cache sa fierté, prenant soin de garder une attitude réservée.

Dans l'euphorie, les membres de l'équipe, médaille au cou, se rendent chez Pierre, le *coach*, accompagnés de l'équipe adverse et de quelques fidèles spectateurs dont la fée mystère et ses copines.

Pierre, qui fréquente le cégep, habite un quartier périurbain. Derrière la maison, un terrain tantôt boisé, tantôt gazonné, s'étend loin au-delà d'une piscine creusée aux contours sinueux et entourée d'une large terrasse. Au bout de cette terrasse, un feu danse dans un foyer extérieur. Le temps est superbe, la soirée s'annonce bien.

Les improvisateurs et leurs amis prennent place autour du foyer. Pierre apporte sa guitare, s'installe et entame les premiers accords de *Le Gars de la compagnie* des Cowboys Fringants, ouverture de son sempiternel répertoire, avec les mêmes accords — il en connaît trois au maximum. Au moins, il ne fausse pas quand il chante et l'ambiance est assurée. Les uns et les autres décapsulent, boivent, chantent, rigolent, reboivent. À minuit, Pierre propose une baignade.

— Oh! Intéressant! Un bain de minuit! Tout le monde tout nu! fait Martineau qui, déjà, a trop bu.

Prise trois! Mireille, plutôt pudibonde, le fusille des yeux et lui suggère de modérer un peu ses ardeurs.

Les filles, que Pierre avait avisées en les invitant, ont apporté leur maillot, à la grande déception de Martineau, sans doute, qui aurait préféré pouvoir les contempler à poil ou en sous-vêtements… Pourtant, lorsqu'elles sortent de la maison, vêtues de leur costume de bain, Martineau ne semble pas intéressé par le galbe des poitrines que rehausse l'armature des maillots originaux. Non, il observe Luc, qui, lui, remarque surtout le deux-pièces de Mireille dont les bonnets sont différents : l'un à carreaux rouge et blanc, l'autre, imitant le denim, imprimé de trois nains de jardin. Un lacet noué devant retient l'ensemble velouté. La culotte est, elle aussi, nouée de lacets sur chaque hanche. Le tissu imitation denim, garni au centre d'un petit pommier, recouvre l'arrière-train; tandis qu'un motif contrasté à carreaux cache le mont de Vénus. Fantaisie textile, étonnante confection sur une charmante géographie. À tant observer les détails de ce maillot, Luc se sent voyeur.

Pierre lance dans la piscine un gros ballon de plage. Il n'en faut pas plus pour amuser les troupes qui amorcent une partie de water-polo à la clarté d'une lune croissante.

— Martineau, souffle Luc, voici ta chance pour te faire valoir. Un jeu de ballon! Ta spécialité! Vas-y, profites-en pour montrer tes performances.

— Ah! Regarde-moi bien aller. C'est toi qui vas être impressionné.

Martineau plonge alors que Caroline, déjà dans l'eau, à coup de gestes exubérants et de cris chaleureux, exhorte Luc à se joindre à eux. D'un sourire poli, Luc décline l'invitation et reste à son poste pour observer. Il n'ose pas dévoiler son trop long corps aux muscles filiformes. Pendant ce temps, son camarade fringant, en sautillant dans l'eau, tente des rapprochements vers Mireille. Mais chaque fois qu'il pourrait la toucher, la voilà repartie en direction opposée pour une feinte, un lancer, un attrapé raté. Elle rigole avec Julie, Dorine et Caroline. Si Martineau ne lance le ballon qu'à elle, jamais elle ne lui rend ses passes. Quelques fois, elle adresse même un sourire à Luc, lui fait un signe de la main, l'appelle à son tour pour qu'il fasse trempette avec elle. Luc ne bouge pas. À la longue, Martineau se lasse de ses vaines démarches et sort de l'eau pour rejoindre Luc sur la terrasse. Là, sans même prendre le temps de se sécher, il décapsule une autre bière avant de s'ouvrir.

— Tu vois, même là, je ne l'impressionne pas. Mais qu'est-ce qui va de travers avec cette fille? Tu le vois bien: elle m'ignore. Pourquoi? C'est sûrement à cause de toutes les blondes que j'ai eues jusqu'à maintenant. Je dois avoir une réputation de Casanova. Ça lui fait peur. Là, c'est toi qui sembles l'intéresser.

— Tu te trompes. C'est un vieux truc. Cela m'étonne que tu ne le connaisses pas: si tu avances, l'autre recule. Elle est très fine, tu sais. Si elle m'accorde de l'attention, ce n'est que pour aiguiser ton désir. « Il n'y a qu'un seul principe moteur: la faculté désirante. » Aristote! Elle connaît bien ce vieux philosophe et ses principes. Alors, si tu veux faire mousser son désir à elle, montre-toi maintenant indépendant.

— Toutes tes tactiques séductrices sont du bluff! J'aime mieux revenir aux miennes et à mes façons plus directes, réplique Martineau avec une voix de plus en plus pâteuse. Je suis certain que, même à notre époque, l'homme est toujours un conquérant, un chasseur; et la femme, une proie qui attend d'être capturée, comme au temps de l'homme des cavernes. Elles ne veulent pas l'avouer, mais les femmes adorent par-dessus tout le côté sauvage de l'homme, la force, la bête. Tes grands discours sont de trop! conclut-il, de plus en plus mou dans le verbe et le geste.

— Je te jure… avec cette fille-là, quand tu vas à la pêche, prends la mouche, pas le harpon. Sinon, tu feras une grossière erreur, Cro-Magnon!

Martineau cale sa bière et rétorque:

— Tu es trop théorique. Regarde-moi bien faire! La pratique, Luc, la pratique est bien plus efficace. Après, on verra bien qui a les meilleures méthodes.

Martineau se lève et tente de marcher d'un pas décidé. Plus il voudrait aller ferme et droit, plus il titube. Luc sait pertinemment que Martineau n'en fera maintenant qu'à sa tête. Il sait aussi qu'un discours insistant pour l'en dissuader ne fera que jeter de l'huile sur le feu. Et voilà justement la carte qu'il joue:

— Ne fais pas ça! Tu n'arriveras même pas à lui toucher un cheveu. Naufrage assuré... Tu vas couler avec le bateau.

— Tu veux parier? le nargue Martineau avec impertinence. Tu vas voir, je l'embrasserai avant la fin de la soirée...

— N'y pense même pas! tranche Luc en se levant. Si tu l'embrasses, tu l'embarrasses et l'embrases tout à la fois, et ce ne sera pas d'amour. Elle va prendre feu et te réduire en cendres avant que tu aies eu le temps de crier «allumette». En tout cas, je t'aurai averti. Moi, pour l'instant, j'ai autre chose à régler.

Luc, feignant l'indifférence, s'éloigne vers Caroline qui, avec les autres joueurs aquatiques, est sortie de la piscine et se sèche avec une serviette.

Délicatement, il invite Caro à l'accompagner dans le sentier qui serpente à travers la pénombre des bosquets. Près du feu, Mireille les regarde s'éloigner, l'air soucieux, alors que Martineau s'installe à côté d'elle pour prendre une ixième bière.

Luc n'a qu'une seule idée en tête: investir Caro d'un rôle particulier, celui qui lui permettrait de garder sa réputation de bon prince auprès de celle qu'il aime d'abord et avant tout : sa petite sœur. Caro est une fille sympathique, chaleureuse. Toute menue, son éternel sourire, ses cheveux blonds, coupés à la Cléopâtre, sa *baby-face* lui assurent beaucoup de succès auprès des enfants.

— Caro, j'ai un service à te demander.

Tout de suite, Caro montre beaucoup d'intérêt et semble contente que Luc s'adresse à elle en privé.

— Tout ce que tu voudras, Luc. Tu m'as tellement dépannée souvent en physique et en maths. Ce serait un plaisir de pouvoir te rendre la pareille, mais dans un autre domaine par exemple, parce qu'en physique et en maths… on repassera !

Sachant Caroline redevable, Luc procède quand même avec beaucoup de réserve. Il introduit le délicat sujet en racontant la mésaventure de la couleuvre, la phobie de sa mère, l'attachement de sa sœur pour le reptile et enfin, la légende qu'il a en partie inventée pour que Magali ne soit pas éperdue de tristesse à la perte de cette étrange amie. Caroline hésite.

— C'est bien beau tout ça, mais que veux-tu que je fasse dans cette histoire ? Je suis un peu comme ta mère, tu sais… Les couleuvres me font peur.

— Tu ne la verras même pas, s'emballe Luc. Tu seras de l'autre côté du marais. Le problème, c'est que le soir de la pleine lune tombe en même temps que le bal. Mais nous aurons quand même le temps juste un peu avant. Écoute… J'ai pensé à tout. J'aurais besoin de toi pour jouer le rôle de la fée Mélusine. J'ai un déguisement que je te prêterai. Le marais des Brumes est près de chez toi et tu peux même t'y rendre à pied. J'ai repéré un endroit parfait pour que tu puisses te cacher dans la forêt, en nous attendant. Quand je crierai «Adieu, Coquine!» tu sortiras de ta cachette, tu marcheras un peu à travers bois et tu feras un signe de la main dans notre direction. Ensuite, je reconduirai Mag à la maison, on se préparera pour la soirée chacun de notre côté et après, on pourra se rendre au bal.

— D'accord. Je veux bien faire ça pour toi. Uniquement parce que c'est toi, insiste Caroline avec un sourire au miel, mais est-ce que je peux ajouter une condition?

— En autant que tu ne me demandes pas de me baigner ce soir ou de jouer le rôle de Neptune! Parce qu'aussi bien te l'avouer, je ne sais pas nager.

— Rien à voir. Pour remplir ma condition, tu n'as pas besoin de savoir nager, mais de danser…

Luc la voit venir. Il devine maintenant la terrible demande qu'annonce Caroline sans plus de préambules.

— La condition, c'est que tu m'accompagnes au bal, prononce-t-elle avec le soupir d'une condamnée à mort qui énonce sa dernière volonté.

Oups! Luc entend déjà les rumeurs des étudiants commères, toujours avides d'intrigues. Pendant qu'il cherche des yeux Martineau et sa proie qui ont disparu depuis plusieurs minutes, il tente de trouver dans sa tête une formule délicate pour ne pas créer d'attente à Caroline.

— Savoir danser? C'est tout, n'est-ce pas?

— C'est tout… juste en ami. N'aie pas peur, ajoute tout bas Caroline, cachant son désappointement et étouffant ses autres espoirs.

— Alors, c'est bon, je t'accompagnerai, réplique-t-il, un peu déçu lui-même d'avoir à tenir le rôle de bon ami une soirée durant, soirée du bal par surcroît, ce qui lui nuira pour approcher Mireille.

Caroline sourit. Quelques secondes de silence permettent à Luc de réfléchir à un dernier détail:

— J'ajoute, moi aussi, une condition : c'est que tu ne parles à personne de cette histoire et du rôle que je t'ai demandé de jouer pour ma petite sœur.

Intriguée par cette cachotterie, Caroline ne peut s'empêcher d'en demander la raison, ce à quoi Luc répond qu'il veut éviter les mauvaises plaisanteries et les ragots inutiles. Plusieurs personnes ne peuvent admettre qu'un gars de dix-sept ans partage encore les univers d'une fillette de six ans.

Caroline, elle, en est sûrement touchée puisqu'elle ose un mouvement, presque imperceptible, pour embrasser Luc sur la joue, en guise de remerciement sans doute, mais soudain, plus loin dans les bosquets, un hurlement de détresse. Un cri, un seul, le même, lui semble-t-il, que celui qu'avait poussé Joëlle quatre ans plus tôt lors de l'impact. D'abord, pour ne rien entendre, Luc se bouche les oreilles. Puis, tout autour, le silence. C'est Mireille ! Comme une balle de fusil, Luc bondit et détale vers le fond du terrain, là d'où provenait le cri.

Il aperçoit Martineau qui, sortant d'un fourré, dévale la pente, moitié en sautant, moitié en courant, les mains sur l'entrejambe. Luc l'interrompt dans sa course pour lui demander ce qui s'est passé. Martineau répond en grimaçant :

— Rien, rien de grave. C'est l'autre, là, l'agace, la sainte-nitouche. Rien qu'une satanée frigide ! Mais elle a un méchant coup de genou ! gémit Martineau en se massant les parties.

Luc laisse là ce Cro-Magnon éconduit pour s'enquérir de l'état de Mireille. Il la retrouve au pied de la haie de lilas, assise entre un bouquet de pleurs et un massif de rage.

— Ça va ?

Il l'observe. Le clair de lune révèle le courroux de ses sourcils et sa lèvre raide. Même crispé, le visage de la jeune fille séduit. Elle s'est enveloppée dans sa serviette de bain et a relevé les genoux jusqu'au menton. Les longues jambes luisent dans la pénombre laiteuse. Luc regarde derrière lui, prend une grande respiration avant de s'avancer et de s'accroupir enfin près d'elle, en gardant juste assez de distance pour éviter les possibilités de contacts. Surtout, ne rien brusquer en cette délicate situation.

— Martineau t'a-t-il fait mal ?

Elle est très en colère contre Martineau, mais surtout contre elle-même. Elle a cru que

Martineau voulait simplement jaser… à cause d'un courriel qu'il lui a envoyé au début de la semaine. Une lettre pourtant pleine de délicatesse. En réalité, tout ce qu'il voulait, c'était l'embrasser… Tout de suite! Vite, vite! Disparue, la belle délicatesse! Elle s'est alors imaginé qu'il avait pris un pari avec des copains, comme les autres, comme si elle était l'objet d'un défi pour les mâles. Le goujat! Elle l'a remis à sa place en le frappant à la bonne. Elle termine ses explications en disant qu'elle le ferait baver, qu'elle les ferait tous baver.

Luc est soudain aux prises avec un respect, une admiration sans borne pour cette force de caractère dans un corps si frêle, et en même temps, il voudrait, sans un mot, embrasser là, lui aussi, cette jeune femme. Toucher la peau lisse et bronzée, cet océan de douceur, envelopper la détresse de ses bras, garder son corps contre lui, toute la nuit. Cependant, s'il agissait ainsi, elle ne le considérerait pas plus que les autres. Elle le ferait baver. Pas touche! pense-t-il. Sage mais ennuyant conseil. Alors, il se ressaisit et demande:

— Pourquoi les rejettes-tu tous?

Elle lui demande de qui il parle.

— Tu le sais bien. Ne fais pas semblant. De tous ceux qui t'ont fait des avances au cours des trois dernières années du secondaire. Je t'ai vue aller. Tu les as tous limogés. Martineau avait peut-être de bonnes intentions... seulement, un peu trop d'alcool dans les veines, trop de pulsion dans le ventre. Connais-tu la machine à rumeurs? Sais-tu qu'il y a toujours des mauvaises langues qui nous font une réputation dès qu'on a le dos tourné?

Elle hoche lentement la tête. Elle sait ce que disent ces fameuses langues : qu'elle est une agace, une emmerdeuse, une frigide ou bien peut-être une lesbienne... Elle s'en fout. Pourtant, tout bas, elle demande s'il croit ça.

— Bien sûr que non. Les questions que je me pose à ton propos sont d'un autre ordre. Je crois que tu as peur... peur des autres, peur qu'on te touche, peur de faire confiance. Pourquoi?

— ...

Luc sait qu'il a touché un point sensible. Elle regarde en l'air, le néant, le noir du ciel ou les poussières cosmiques, nulle part. Luc perçoit le malaise dans cette silencieuse réflexion que génère le tournant de la conversation. Il met des gants blancs pour poursuivre.

— Pardonne ma curiosité et mon indélicatesse. Tu as tes raisons. Je peux très bien comprendre que tu n'aies pas envie de les partager. Mais je tiens à te dire trois choses. Premièrement, jamais je n'oserais toucher une fille contre son gré. Deuxièmement, tu pourras toujours compter sur moi pour te défendre. Enfin, sache que je ne te juge pas comme le font les autres et j'aimerais que tu ne me juges pas non plus...

Elle fait une moue agacée. Pourquoi le jugerait-elle?

— Par rapport au calendrier de garage dans lequel je me rinçais l'œil de temps en temps.

Pour toute réponse, elle lève les épaules. Luc ajoute:

— Tu sais, un calendrier de garage, ça peut aussi servir à l'autoérotisme...

Malgré la pénombre, Luc la regarde droit dans les yeux. Elle lui sourit, mais d'un sourire moqueur, et elle ajoute que le calendrier pouvait servir aussi aux loisirs de la petite sœur.

— Tit'sœur s'est fait un devoir d'habiller de pied en cap tous ces modèles aguichants avant que je les lui échange contre une statuette de lutin qu'elle croit magique. J'ai réussi à régler l'incident sans déclencher la Troisième Guerre mondiale. Un véritable défi! S'il te plaît, ne m'en veux pas.

Elle avoue lui en avoir voulu, sur le moment, pour ce calendrier, mais elle confesse que ce n'était pas de ses affaires à elle.

— Tu avais tes raisons de m'en vouloir, renchérit Luc dans une volonté accrue de montrer sa bienveillance. J'ai eu peur de te décevoir...

Elle lui demande pourquoi.

— Parce que j'ai beaucoup d'estime pour toi.

En tendant cette perche, Luc espère enfin pouvoir sonder la profondeur des sentiments de cette huître secrète.

Elle répond simplement que c'est réciproque.

Par sa propre faute, voilà Luc aux prises avec le nébuleux mot *estime*. Au-delà de l'estime, l'aime-t-elle? Le trouve-t-elle séduisant? Charmant? Attirant physiquement? Il paraît que tout commence par une attirance physique... alors que faire avec l'estime maintenant? Luc ose une question:

— Pourquoi?

Elle énumère quelques qualités et termine en disant qu'elle apprécie la faculté de

Luc de saisir si finement la profondeur des gens, des filles... Il devine sans qu'on ait besoin de parler, comme s'il avait étudié à fond la psychologie féminine. Elle peut lui faire confiance. En plus, il a un sens de l'humour qui peut désamorcer les pires situations. Ce qu'elle apprécie davantage, c'est qu'avec lui, elle n'a pas l'impression d'être dans une foire à la chair.

Elle s'arrête un temps, inspire, puis, reprend sur un ton plus bas, une voix chuchotée que Luc a failli, pendant une fraction de seconde, prendre pour une intimité amoureuse, mais les paroles sont accompagnées d'un sourire de grande sœur. Elle lui confie que la jeune fille qu'il fréquentera un jour aura bien de la chance et qu'elle-même se sent comblée de pouvoir le compter parmi ses amis.

Luc se sent soudain affligé. Elle le voit comme le chic type, celui qui comprend, la bonne oreille, l'épaule confortable... Celui qui aide, le conseiller en tous genres, le dépanneur, le directeur de conscience, le psychologue, le sauveur, l'ami, le *grand* ami, mais pas le *petit* ami, pas le chum, ni l'amoureux, ni l'amant. Qui a décidé de la distribution des rôles dans ce théâtre? Pourquoi Mireille se défile-t-elle? Il se relève promptement.

— Bon! Allons rejoindre les autres. Notre trop longue absence va faire jaser.

Mireille le retient encore un peu pour une dernière question.

— Pose toujours, soupire-t-il. Si je peux t'aider en *bon ami*, ce sera un plaisir…

Alors, sur un ton presque inaudible, elle demande encore qui est Joëlle.

Enfin, voilà l'occasion de remettre les pendules à l'heure, le moment où il pourra prendre tout le temps nécessaire pour expliquer le rôle qu'aura joué Joëlle dans sa vie, les circonstances de sa mort, les conséquences. Mais juste à ce moment, Pierre et les amis, un peu inquiets de l'absence qui se prolongeait, surgissent dans le bosquet à la recherche de Mireille et de Luc, soulagés de les retrouver en forme.

Dans les minutes qui suivent, Martineau, complètement ivre, demande à Luc de le ramener chez lui. La soirée est terminée.

Chère Joëlle,

Si Martineau est K.O., moi, je suis loin d'avoir remporté le gros lot.

« Ce qui doit être fait, mérite d'être bien fait »
qu'ils disaient… J'ai beau me donner des devoirs

concrets, faire des exercices pratiques rigoureux
pour améliorer mes techniques d'approche, rien
n'y fait. J'aime une fille à la folie. J'étais même
prêt à lui parler de toi, mais j'ai eu si peur qu'elle
me rejette aussi. J'ai toujours tellement de diffi-
culté, autant avec elle qu'avec les autres. De plus
en plus, je m'en rends compte. Mais qu'est-ce que
j'ai ? Peut-être qu'il me manque une case ? Cer-
tains jours, je sens que j'aimerais tout le monde ;
d'autres jours, je les passerais tous volontiers par
la fenêtre. J'essaie de faire partie d'une équipe,
d'apprécier les autres, mais au fond, je sens un
tel malaise… Qu'est-ce que c'est ? De la misan-
thropie ? Encore la peur ? Peur de m'engager pour
être ensuite repoussé ? Ridiculisé ? Parfois, je les
méprise alors qu'ils n'ont rien fait. Je me déteste.
Que faire ? Est-ce que tout le monde se pose ces
mêmes questions ou bien suis-je le seul ? Fou ?

Luc ferme son journal. Cette écriture
l'enfonce de plus en plus dans le drame.
C'est mauvais. Il vaut mieux remplacer les
idées sombres par des images plus gaies. Il
se couche en se disant que plus la conquête
est difficile, meilleur en est le fruit. Il finira
bien par percer la forêt des mystères de
Mireille. Avant de s'endormir, il imagine
deux belles pommes, douces et rondes, puis,
un grand pommier. Il aime grimper aux

branches, s'y accrocher fermement d'une main et, de l'autre, tendre la grande baguette pour taper délicatement sur les fruits trop haut, les faire tomber au sol pour pouvoir enfin les croquer. Et ensuite, défaire des lacets sur les hanches de la belle. Plus besoin du calendrier de garage… une seule fille défile maintenant dans son imaginaire.

8

RESSUSCITER COQUINE

Dans son agenda, Luc biffe une autre journée. Il n'en reste plus que cinq au compte à rebours avant le bal. Puis, en attendant la sonnerie du début des cours, il se délecte de *L'Étranger* et du monde absurde de Camus. Soudain, la fatalité atterrit sur le banc, à côté de lui. Martineau, comme s'il s'adressait à son journal intime, profite encore une fois de l'oreille de Luc pour lui raconter ses dernières affres post-party : mal de bloc épouvantable le samedi matin, perte de mémoire concernant certains épisodes de la soirée chez Pierre, problèmes gastriques et intestinaux sans compter le malaise d'avoir perdu la face. Pour finir, il confie :

— En plus, j'avais cette douleur lancinante entre les orteils.

— Entre les orteils ? s'étonne Luc. Lesquels ?

— Les deux gros.

Luc lui rafraîchit la mémoire quant aux événements de ce vendredi soir. Martineau a effectivement dépassé le seuil de tolérance en terme d'alcool, ce qui l'a rendu pire qu'une bête, transgressant les frontières de l'admissible. Mireille s'est rebellée. Martineau, surpris d'avoir déjà tout oublié, désire maintenant faire amende honorable auprès d'elle. Quand il demande l'aide de Luc, celui-ci est stupéfait :

— Quoi! Tu oses encore me demander conseil! Si tu avais suivi ceux que je t'ai donnés jusqu'à maintenant, tu n'en serais pas là!

— Tu dois être découragé, se plaint Martineau. Je ne me suis pas souvenu de tes avertissements, sur le coup. Je me laisse trop emporter par mes pulsions. Qu'est-ce que tu veux, je suis un fougueux! Veux-tu, s'il te plaît, être encore mon professeur pour les techniques d'approche?

— Un cours sur l'étiquette chinoise, avec ça?

Comment peut-il à ce point faire fi de ses erreurs? En plus, il croit qu'avec un peu de temps, ses bêtises seront oubliées et que tout le monde lui reviendra, comme si de rien n'était. Mais si le temps ronge peu à peu les mémoires, il gruge aussi la réputation. Le premier problème de Martineau... trop de filles, son second, pas assez longtemps avec chacune. Résultat : une réputation de don Juan qui pratique avec ses conquêtes l'utiliser-jeter sans vergogne.

Craignant de perdre la confiance de son copain Luc, Martineau prend son ton geignard. Les traits de son visage glissent vers le bas, lui donnant un air d'épagneul que même un Rock Machine voudrait consoler. Il n'y a qu'à Luc qu'il ose jouer ce rôle de déconfiture, car il connaît sa sensibilité. Autrement, Martineau joue au dur. Là, il y va d'un déluge de lamentations et interprète son drame avec grand sérieux :

— Tous mes amis ont trouvé des emplois le fun pour l'été, alors que moi, j'ai eu le poste de *flag man* au ministère des Transports. Me faire cuire sur l'asphalte toute la journée en agitant les bras pour faire passer les autos, les arrêter, attendre… avec un cumulo-nimbus de moustiques comme couronne autour de la tête et un patron bedaine par-dessus l'épaule. Et la poussière… J'ai tellement honte quand on me demande ce que je ferai pendant l'été ! De quoi je vais avoir l'air quand les filles vont me voir, sur le bord de la route, avec le dossard en plastique, barré d'un gros X sur le ventre et dans le dos, orange fluo, avec le casque de sécurité et les cheveux plaqués collés sur la noix ? Même Grand Héron et Petite Blatte ont trouvé de meilleurs emplois : placier de restaurant et valet de stationnement. Ça, au moins, même si c'est moins payant, ça fait classe dans la conversation. Belle apparence, toujours propre, uniforme qui séduit les filles... et des gens à rencontrer, à fréquenter, des rendez-vous possibles... Beaucoup de rendez-vous !

Luc reconnaît bien là le sens des valeurs de Martineau-Sexy-Tino : le paraître, le costume, l'importance de la surface, son *ego*, la performance dans le nombre, faire tomber les filles, comme des mouches.

— Martineau, t'es-tu seulement questionné sur l'aspect éphémère de tes intérêts et de tes relations ? La fille avec qui tu es sorti le plus longtemps n'a même pas tenu une semaine !

Prenant un air encore plus pathétique, Martineau poursuit ses jérémiades frôlant la névrose d'échec :

— Tu as raison... Tout le monde a des passions durables, mais les miennes meurent une par une. Ça explose comme un gros feu d'artifice. Ensuite, ça s'éparpille en feux follets pour s'évanouir aussi vite que c'est né. Je pense que je sais où est le problème...

Après un bref silence, il se ravise :

— Mais je suis sûr d'une chose, c'est que cette fille-là, c'est la bonne ! La femme de ma vie. Je la comblerai d'un amour éternel. Juré, craché! C'est elle que j'attendais depuis des années et c'est sans doute pour ça que toutes mes autres relations n'ont pas duré. Luc, si tu ne m'aides pas à récupérer la situation avec elle, mon été est foutu, c'en est fini de moi.

Il prend le bras de Luc qu'il serre avec ferveur. Vraiment, il en met trop. Vendredi dernier, il aurait sûrement remporté la meilleure dramatique à l'impro avec cette mise en scène, s'il ne s'était laissé distraire par de beaux yeux.

— Mais qu'est-ce que tu veux que je fasse? demande Luc que l'impatience tiraille.

— Écris-lui un courriel d'excuses à ma place.

— Je suis déjà intervenu en ta faveur vendredi soir, tout de suite après ton méfait. Le reste te revient. Il vaudrait mieux que tu t'excuses toi-même.

— Ne me laisse pas tomber! Je voudrais tellement qu'elle m'accompagne au bal… Là, j'ai le pressentiment qu'elle voudrait y aller avec toi. Tu ne me ferais pas ça, hein? Tu n'oserais pas un tel affront envers ton grand ami? Donne-moi une chance… Je te revaudrai ça, c'est promis! J'ai des contacts…

Il en fait presque pitié. Cependant, sans vouloir devenir un paillasson, Luc lui sert un

149

mensonge gris, récupérant ainsi une situation dans laquelle il est déjà emberlificoté de toute façon :

— Promis, je ne te laisse pas tomber. Voilà ce que je vais faire : j'accompagnerai Caroline au bal. Comme ça, tu seras tranquille et tu auras l'assurance de mon amitié et veuille agréer, cher ami, mes salutations distinguées. Salut, je vais être en retard au cours.

Cela paraît très digne, surtout que Martineau ignore l'arrangement déjà conclu entre Caroline et Luc, comme un marché, un échange de bons procédés. Mais « la fin justifie les moyens » comme dirait chose.

Jeudi, fin de journée. L'examen de maths était pénible ! Luc rentre vanné. Dans la cour, Magali pédale sur sa bicyclette en attendant son frère. Elle tourne en rond. Depuis qu'elle sait faire du vélo, elle n'use plus ses souliers. Luc n'a pas sitôt le pied posé sur le pavé de l'entrée, qu'elle descend de vélo, trépigne et s'agite… Ses lulus à boules roses sautillent comme les pompons des *cheerleaders*. Dès qu'il aperçoit sa petite sœur, avec ses shorts ajustés, son bustier découvrant le nombril et son large sourire à petites dents, Luc se sent ragaillardi. Il l'étreint encore et encore, picorant de brefs baisers le visage rose. Il lui demande où est papa. Pas encore revenu du bureau. Où est maman ? En train de préparer le souper. Une fleur... Luc en profite quelques minutes encore pour l'embrasser sur les joues, la nuque et serrer fort le corps menu ; il voudrait avoir dix bras pour l'étreindre davantage. Mag gigote en ricanant doucement pour se défaire de l'enlacement. Suffit les câlins. Pour l'instant, elle veut surtout faire une annonce de la plus haute importance :

— Demain ! C'est demain la pleine lune ! J'ai hâte ! Plus qu'à Noël ! Raconte-moi encore l'histoire de Mélusine, implore la petite qui tend le livre de contes qu'elle transportait dans le panier de sa bicyclette.

Alors, avec une expression empreinte de gravité, Luc s'installe avec elle dans la balançoire, ouvre le livre et entreprend pour la énième fois le récit de Mélusine pendant que Magali observe les images.

Pour avoir désobéi à sa mère, la fée Mélusine fut bannie et condamnée à un étrange sort : chaque samedi, elle serait « serpente » jusqu'au nombril et séparée définitivement de quiconque la verrait dans cet état. Mélusine n'eut pas le choix. Elle réussit cependant à épouser Raymondin qui, par amour pour elle, accepta cette étrange condition : ne jamais la visiter le samedi. Ils vécurent heureux et eurent huit enfants que Mélusine chérissait et comblait. Un jour pourtant, le comte de Forez, le beau-frère de Mélusine, raconta à Raymondin que sa femme le trompait le samedi. Voulant alors la surprendre, Raymondin découvrit le terrible secret. Aucune explication, nulle demande de pardon ne pouvaient servir : Mélusine fut emportée très loin, dans un cri déchirant et Raymondin comprit que c'en était fini.

L'histoire se termine ainsi, mais Luc prend soin d'ajouter :

— Même si cette histoire est arrivée il y a fort longtemps, parfois, on peut encore apercevoir la fée Mélusine, très rarement, dans le brouillard de la mer ou au marais des Brumes, à la pleine lune, avant le chant du coq, quand on libère une couleuvre. On croit qu'elle erre à la recherche de ses enfants, pour pouvoir les bercer encore.

— Est-ce qu'elle aura sa queue de serpent, quand nous la verrons demain ? s'inquiète Magali.

— Bien non puisque demain, c'est vendredi! Mélusine est moitié serpent, moitié femme seulement le samedi, répond Luc avec grande logique.

Plongée dans une réflexion profonde, Magali sort d'une escarcelle qu'elle porte en bandoulière une chenille vert pomme grosse comme le pouce. La chenille lisse ondule sur la main de Magali, oscillant de temps en temps la tête comme pour humer l'air.

— Je l'ai appelée Tom Pouce. Maman ne veut pas que je l'installe dans ma chambre. Crois-tu qu'on pourrait voir apparaître une autre fée, si je la libère?

Luc soupire en se tapant le front:

— Non, ça marche seulement avec une couleuvre. Les chenilles se changent toutes seules en fée, quand elles deviennent papillon.

Magali ouvre grand les yeux. On dirait qu'elle vient de comprendre le mystère de l'origine de l'œuf et de la poule. Elle se jette dans les bras de son grand frère et l'étreint avec toute la force de ses petits bras, sans se soucier de Tom Pouce, que Luc récupère juste à temps avant qu'elle ne soit métamorphosée en purée verte sur sa chemise. Magali lui fait alors un grand aveu:

— Je t'aime!

Après le souper, question de voir aux derniers préparatifs d'une soirée qu'il veut mémorable, Luc rassemble les éléments qui lui seront nécessaires. Outre son costume de bal, celui de l'après-bal, un sac contenant ses consommations, il doit aussi préparer l'avant-bal… l'événement tant attendu par sa petite sœur : la libération de Coquine. Avant tout, il veut vérifier si les quelques bières qu'il avait mises au frais sont toujours dans le frigo au sous-sol. Comme il n'a pas l'âge, l'achat d'alcool n'est pas aisé pour lui. Par une sorte de prescience qu'on ne saurait expliquer et qui souvent le surprend comme ça, sans avertir, Luc descend les marches menant au sous-sol, se dirige vers le frigo. Le problème avec cette prescience, c'est qu'elle se manifeste uniquement pour avertir des événements négatifs, comme si son intuition n'existait que pour annoncer les dangers, les catastrophes, les platitudes, pour augmenter l'angoisse et le stress avant même que les choses n'arrivent. « Tu verras… elle ne sera plus là… » , ricane une petite voix intérieure. Bien sûr, la bière sera là, pense Luc tout haut pour casser le sortilège.

— Pas la bière, mais la couleuvre… Elle ne sera plus là. Elle se sera encore enfuie. Ou bien quelqu'un aura jeté le sac sans savoir, persifle encore la petite voix taraudante.

— Tais-toi, fatalité! Tais-toi! La couleuvre ne peut pas avoir traversé une porte hermétiquement close. Elle sera encore là! rage Luc.

— Elle sera là… et en même temps, partie… continue la voix.

Quand il ouvre la porte du réfrigérateur, Luc constate que non seulement ses six bouteilles de bière y sont toujours, mais que le sac de toile contenant la couleuvre est là, lui aussi, à la même place, bien fermé. Personne n'y a touché. Il le soupèse et soupire de soulagement lorsqu'il sent, à travers l'épais tissu, le corps dur et inerte. Il tâte les circonvolutions du reptile, raide, particulièrement raide. Est-il possible que la torpeur puisse le rendre aussi rigide? Fait-il trop froid dans ce frigo? Ou bien la couleuvre a-t-elle jeûné trop longtemps? Non, c'est impossible, pense Luc. Elle ne peut pas être morte! C'est sans doute l'effet de l'hibernation… Sûrement, la couleuvre dort du sommeil du juste. Parce qu'il y a une justice dans ce monde!

Attirée par le bruit, Magali s'aventure dans les marches de l'escalier abrupt. Comme il n'y a pas de rampe et qu'elle risque de tomber, elle s'assoit pour descendre les marches sur les fesses, comme le lui a appris son grand frère. Cependant, cette façon de descendre un escalier est la plus silencieuse qui soit et Luc n'a pas entendu approcher Magali qui s'inquiète devant le visage tourmenté de son frère.

— Coquine ne va pas bien? demande tristement la petite voix.

En grande hâte, Luc se compose un visage affable et souriant alors qu'il remet aussi vite la couleuvre raide comme une pâte à modeler cuite au four pendant trois heures dans le sac et referme la porte du frigo.

— Oh! Coquine va très bien. Elle dort dur... très dur. Nous allons la réveiller demain seulement. Là, elle doit se reposer encore. Toi aussi, propose Luc en la prenant dans ses bras. Viens. Au bain et au dodo! Demain soir, nous avons une mission capitale à accomplir. Il faut être en grande forme. T'es-tu bien exercée à vélo?

— Oui, oui, toute la semaine! Je ne suis pas tombée, jamais! lui avoue fièrement Magali.

Luc fait monter sa sœur sur son dos pour l'emmener jusqu'à la salle de bain. La joue chaude de la petite effleure l'oreille de Luc.

Mag y dépose un baiser sonore. Ses cheveux sentent bon la noix de coco.

— Hue! Cheval!

Pas de panique! Dès que sa petite sœur est couchée, Luc retourne au sous-sol, récupère le sac qu'il réchauffe au-dessus du calorifère, puis au séchoir. Malgré la chaleur, les prières et les incantations, Coquine reste raide comme une broche, morte, Coquine n'est plus. En colère, avant de la lancer sur le mur, de la piétiner, ou d'en faire un serpentin pour un rond de poêle, Luc court l'enterrer au plus profond du terrain.

Alors qu'il creuse avec acharnement, Roger, le voisin d'en arrière, le regarde faire par-dessus la clôture.

— Eh! Luc! Tu cherches des vers pour la pêche? Dans la terre glaise, c'est pas chanceux!

— Je n'ai pas besoin de vers de terre, mais d'une couleuvre pour Magali, lui répond Luc tout essoufflé.

En bon vivant qu'il est, Roger rit, réfléchit et lui dit:

— Des couleuvres, il y a en tout un nid dans le tas de débris de la coulée, en arrière, là où j'ai laissé les cochonneries de ma vieille toiture l'année passée. Je pense que les couleuvres aiment se faire chauffer la couenne sous les vieux bardeaux d'asphalte. Viens voir ça!

Du talon, Luc foule la terre sur la tombe secrète. Pas de pierre tombale, pas d'oraison funèbre cette fois. Il empoigne le sac de toile, saute la clôture et suit Roger, reprenant confiance en une certaine justice dans ce bas monde. Quand Roger soulève une pile de bardeaux noirs que le soleil de 19 h réchauffe encore, Luc aperçoit deux couleuvres qui glissent et se cachent plus profondément dans les détritus. Il doit y en avoir tout un inventaire qui métabolise dans ce couvoir. Suffit d'en trouver une autre, de la même taille que Coquine, sans que la chose ne paraisse aux yeux de Mag. Après tout, la nouvelle couleuvre sera en meilleure forme et le spectacle de sa libération, plus fantastique encore. Bénis soient le destin et Roger, le bon voisin!

Il y a, en effet, beaucoup de couleuvres, mais trop petites. Peut-être que celles qui habitent les marais, engraissées aux grenouilles et aux salamandres, prennent davantage de poids. Celles de Roger, nourries aux mouches et aux araignées, sont plus sveltes. Une couleuvre obèse, dans ce fourbi, plus gourmande, qui aimerait bouffer des grosses fourmis et des vers juteux, est-ce que ça se trouve? Alors que Luc réfléchit sur l'embonpoint des couleuvres selon leur régime alimentaire, il distingue, immobile, entre un bout de madrier et du papier noir, une queue prometteuse. Le reptile ne voit pas approcher Luc qui saisit sa proie d'une main ferme. Ça gigote, ça se tord. La tête! Vite, il faut immobiliser la tête! Que sont bien aiguisés les réflexes d'une couleuvre en danger! Elle sait anticiper les moindres gestes de Luc qui tente de stopper les rapides ondulations de la tête. Après quelques secondes et bien des gesticulations, il parvient à attraper l'occiput. Quelle belle prise! De la même taille que Coquine! «Sautons la gaudrigaille, dansons le carcaillou!» Luc chante et saute de joie... sur un clou.

Des espadrilles, c'est parfait pour la marche, la course, les sports de raquettes, la planche à roulettes, mais pas pour jouer au fakir dans les vieilles planches et les bardeaux. Quand il soulève son pied, la planche y est toujours fixée. Malgré la douleur, il n'a pas laissé tomber la couleuvre qui, les yeux toujours aussi ronds, le nargue de sa petite langue rouge. Luc n'ose plus bouger, cloué sur place. Il appelle Roger qui s'affaire lentement à ramasser des tas d'herbe sur le gazon. Roger lui prête main-forte d'abord pour introduire le reptile dans le sac sous l'insistance de Luc. Une fois cette étape franchie, Luc s'assoit et retire enfin la pièce de construction toujours fixée à sa semelle. Un magnifique clou de six centimètres, bien rouillé, il va sans dire, et garni de sang, ressort de la chaussure.

— Jésus-Christ! fait Roger en rigolant.

— Inutile de blasphémer, grimace Luc.

— Je ne sacre pas. Mais te voilà un peu comme Jésus-Christ! Tu fais la guerre aux diables de serpents, puis, tu te fais clouer le pied!

— Voyons, Roger, ça n'a rien à voir!

Luc n'insiste pas car il connaît l'humour et cette habitude de son voisin de ramener invariablement les moindres événements à des récits bibliques; une façon de se moquer gentiment de la religion. Pour l'instant, Luc n'a pas le cœur à rire et, tenaillé par la douleur, il n'ose retirer sa chaussure. Ça brûle maintenant jusque dans la jambe.

Avec l'aide de Roger, il parvient à se remettre debout. Roger insiste pour soigner tout de suite l'avarie, mais Luc le remercie et, marchant sur le talon, il contourne la clôture mitoyenne pour se rendre chez lui, emportant son précieux butin. Comment poursuivre sa mission maintenant, avec un pied troué? Pire, comment pourra-t-il valser au bal demain?

Déjà vingt heures trente! Dehors, sa mère termine la peinture des cadres extérieurs de fenêtres. D'une main, Luc la salue en passant. Il rentre à la maison sans une plainte et, en silence, il gagne sa chambre. Cette fois, il évite de remiser la nouvelle couleuvre au frigo. Sans le dire à sa mère, il la cache (toujours enfermée dans le sac) dans son placard. Enfin, il s'installe sur le lit pour vérifier l'état de son pied. Du sang tache le fond de l'espadrille. Le bas, collé sur la peau, en est imbibé. Le clou a traversé le pied de part en part. Deux petits trous, l'un sur la plante, l'autre sur le dessus du pied, deux minuscules perforations dans la peau, mais que de mal! À l'intérieur, on jurerait qu'un nerf a été vrillé par une mèche brûlante. Comment juger des dégâts internes?

D'abord, pense Luc, il faut nettoyer et désinfecter. Faire tremper dans un bassin d'eau salée devrait être indiqué. Ensuite, un peu de mercurochrome empêchera l'infection et guérira la plaie. Surtout, ne pas le dire à maman. Elle serait capable de le clouer au lit trois jours durant: petits bouillons, lecture, bonbons *peppermints* et réflexions de plafond. Pas question!

Alors qu'avec peine, il prépare la bassine et le sel, sa mère rentre dans la cuisine pour se laver les mains enduites de peinture. Quand elle se rend compte de la situation, elle panique, comme toujours, quand il s'agit de la santé et de la vie de ses enfants. Des mots épouvantables tombent alors sur la table : infection interne, gangrène, tétanos, bactérie mangeuse de chair, la mort, morceau par morceau !

— Autrefois, à cause de blessures aussi anodines, les gens tombaient comme des mouches. Il faut absolument aller à l'hôpital pour un vaccin antitétanique. Rester au lit, pour ne pas que les bactéries voyagent trop vite dans ton sang. Je vais appeler Roger pour qu'il vienne garder Magali. Je viens avec toi.

Luc résiste, il ne veut pas aller passer une partie de la nuit à l'urgence. Trop de temps perdu, trop de choses à faire. En plus, il n'a pas encore préparé le costume de Mélusine, ni réviser la chimie pour l'examen de demain matin… Sa mère va piquer une crise d'hystérie. Une vive angoisse l'étouffe ; elle a si peur de perdre son fils. Elle le prend dans ses bras, éclate. Une rivière de larmes coule maintenant sur l'épaule de Luc.

— Maman, dit Luc sur le ton le plus calme, ce ne sont que deux petits trous de clou… ridicules… Je n'en mourrai pas! Mais, pour ne pas que tu t'inquiètes, j'irai à l'hôpital recevoir ce vaccin machin. J'irai, mais à certaines conditions…

Alors, sa mère relève la tête, renifle et écoute. Luc poursuit:

— Une fois qu'on m'aura administré ce vaccin, je serai à l'abri de l'infection. Alors, tu me laisseras aller à l'école demain, au marais des Brumes avec Mag après le souper et au bal dans la soirée.

Après de longues minutes de réflexion, quelques arguments inutiles, de vains soupirs, maman accepte. Luc lui demande encore de ne pas appeler Roger pour garder Mag toute la soirée et de ne pas perdre tout ce temps à attendre avec lui à l'urgence. Il peut très bien y aller seul en taxi.

Maintenant, pas une minute à perdre, pas un pas de trop. Téléphoner à Caroline pour lui dire de prendre le costume de fée. Rendez-vous demain soir à 20 h.

Seulement cinq heures d'attente à l'urgence ! Vraiment, quelle déveine ! Heureusement, Luc a apporté ses manuels de chimie pour étudier à travers les distractions de corridor. De temps en temps, il lève la tête. Pendant la première heure, il scrute le visage des patients de plus en plus impatients qui se liquéfient peu à peu sur leur siège, comme s'ils fondaient de désespoir. Pendant la deuxième heure, il inventorie leur style vestimentaire ; au cours de la troisième, il analyse leur caractère selon les chaussures qu'ils portent et, à la quatrième heure, il ferme son manuel de chimie et fait l'inventaire des saletés sur le plancher. Enfin, il se décide à écrire :

Chère Joëlle,

J'espère que tu ne m'en veux pas d'avoir prêté ton costume de fée à Caroline. Tu sais bien que la cause est excellente et je suis persuadé que si tu avais été là, tu aurais été la première à m'encourager. Tu dois bien te demander pourquoi je tiens tant à ce que ce scénario fonctionne ? Pourquoi je persiste à inventer des chimères à Mag, à lui créer des mondes ? Je crois que c'est une sorte de fuite. Je ne me sens bien qu'avec cette petite fille spontanée et douce. À ses yeux, je voudrais être un héros, quelqu'un d'important, celui qui compte le plus.

*Pour l'instant, il y a un os dans la mouli-
nette : un clou dans le pied... Attendre à l'urgence.
C'est long... La patience, ce n'est pas mon département. Faudrait peut-être que je hurle comme
quand j'étais petit, avec ma fève dans l'oreille.*

*Mais à 17 ans, on ne peut pas se mettre à
hurler comme un dément à cause d'un trou dans
le pied. De toute façon, je ne suis même plus
capable de tolérer les cris, même les miens...*

*Je n'en peux plus d'attendre. D'autant plus
qu'on fait passer avant moi des personnes qui me
semblent en meilleur état, alors qu'elles se sont
présentées bien après moi au guichet. C'est enra-
geant ! C'est sans doute parce que je suis un ado
qu'on feint de m'ignorer. Ce n'est pas une infection dans le sang, mais un bouillon d'agressivité
qui envahit mes veines. Je vois passer et repasser
le personnel, pressé, l'air si affairé. Ça fait trois
fois que je vais m'informer au guichet pour savoir
quand sera mon tour... la préposée me demande
d'être patient, me dit quinze minutes encore, puis
vingt. En fait, elle dit n'importe quoi. Le médecin
est-il en train de jouer à Tétris ou bien de séduire
la nouvelle stagiaire, comme dans les* soaps
*américains ? Des clous dans les trous ! J'aurais
envie de leur en enfoncer partout : dans leurs
yeux, leurs oreilles, leurs narines, dans la bouche... Mais je choisirais des gros clous bien
rouillés. La rouille a le même goût que le sang.*

Alors, de belles infections se développeraient, des boursouflures remplies de liquide blanchâtre, serties dans des plaies rouges, bleues et noires, comme autant de grains de sable dans des huîtres purulentes. Ensuite… ensuite ? Qu'est-ce que je pourrais bien leur faire subir ? Les clouer au mur, comme leurs affiches bidon, et mettre le feu à l'hôpital.

Soudain, la dame assise tout près de Luc émet un drôle de hoquet, comme si elle allait vomir. Il la regarde et se rend compte qu'elle lit dans son journal. Elle se lève subitement et court au guichet. La mine angoissée, elle explique quelque chose à la réceptionniste. Elle fait des gestes, se gratte la tête. On dirait qu'elle a peur. Quand elle a terminé son baratin, elle se retourne et pointe discrètement Luc du doigt. Luc lit sur ses lèvres : « C'est le jeune, là-bas. » Quoi, qu'est-ce qu'il y a ? Luc a été des plus tranquilles… Est-ce son odeur qui aurait pu incommoder la dame ? Discrètement, il penche la tête pour respirer près de son aisselle. Mais non, le parfum de son antisudorifique tient toujours. Luc la fixe avec son plus beau sourire, mais la dame ne revient pas s'asseoir près de lui, elle préfère prendre place dans l'autre rangée. La réceptionniste se hâte, passe un coup de fil. Presque aussitôt, la porte numéro deux s'entrouvre, une infirmière y passe la tête et appelle : « Luc Jolicœur. Porte deux ! »

Bye ! Joëlle. C'est déjà mon tour !

On traite Luc avec sévérité, comme s'il avait fait exprès de s'infliger une blessure. Le médecin lui parle alors d'un texte plutôt violent qu'il écrivait, tout à l'heure, dans un cahier. Un peu outré, Luc allègue les droits et libertés de la personne, ce à quoi le médecin réplique qu'il veut seulement connaître les intentions de Luc, s'assurer qu'il n y a pas de danger... Pour ne pas l'alarmer, Luc explique qu'il écrit un roman noir.

— Ça vaut mieux, fait le médecin. J'allais t'envoyer au département de psychiatrie.

Un court examen et flip, flap, un savant bandage. Quelques questions et pic ! Une piqûre ! Le tour est joué. Trois minutes. On lui donne un rappel dans quelques semaines. Il peut enfin rentrer chez lui avec une question qui le turlupine : a-t-on vraiment besoin d'un psy quand on écrit des textes violents ? Est-il malade à ce point ?

Il est minuit et demi. Après avoir traversé en sens inverse la porte numéro deux pour gagner le corridor, il scrute les murs des yeux pour trouver un téléphone à taxi. À quelques mètres, il est surpris de voir là, debout, son père qui s'avance vers lui, tout souriant. Papa est là! Même s'il est cerné jusqu'au menton, jamais son père ne lui a semblé plus rayonnant, un soleil tropical au pôle Nord. Papa pose une main réconfortante sur l'épaule de son grand gaillard de fils:

— J'arrive de Québec... un peu tard, mais quand même, je me suis dit que ce serait plus agréable pour toi de revenir à la maison avec ton père plutôt qu'avec un chauffeur de taxi.

Luc répond avec une pointe de fierté mêlée d'un grand soulagement:

— Papa, je suis si content de te voir!

Son père lui prend le bras pour l'aider à marcher. Luc se sent tout à coup rassuré, comme si plus rien ne pouvait lui arriver. Son père est là. Il se laisse porter.

Lorsqu'ils arrivent tous deux à la maison, maman les attend à la cuisine malgré l'heure tardive. C'est la joie quand elle les voit franchir le seuil. Alors seulement, la maisonnée peut dormir sous une lune gonflée qui penche sa tendre frimousse sur la maison. Nul ne peut imaginer toutes les perversions de sa face cachée.

9

TENIR SES PROMESSES

Au réveil, le lendemain matin, deux poids oppressent Luc. Le premier pèse sur l'œsophage, rendant sa respiration difficile, comme une main chimique, aux doigts acides matérialisés par le stress de l'examen de chimie. Le second poids agit à la façon d'un boulet qu'on aurait relié à un étau enserrant le pied et réveillant toutes les terminaisons nerveuses de la douleur. Luc gobe les anti-inflammatoires qu'on lui a prescrits. Aussitôt, Mag entre dans la chambre et saute sur le lit en chantant :

— C'est vendredi aujourd'hui !

La lune est comme un ballon.

On va faire de la magie.

Viens, grouille-toi et partons !

En déséquilibre, elle marche sur le lit, risquant la chute à tout moment.

— Est-ce que tu l'aimes, ma chanson ?

Luc empoigne Mag par la cheville et la fait tomber près de lui. Le popotin de Mag choit à deux centimètres de la blessure de Luc. Oh ! Là ! Attention ! Quand Mag aperçoit la momie qu'est devenu le pied de son frère, elle se met à poser des questions :

— Qu'est-ce que tu as ? Ton pied est cassé ?

Après les explications de Luc, Mag se rembrunit :

— Ça, c'est une punition du destin parce que tu as tué une mouche.

À Luc de sourire. Pauvre Magali. Voir si le meurtre d'une mouche peut changer un destin ?

— Bien sûr que non ! Ce n'est pas une punition. C'est un hasard, tout simplement. Un accident.

— Es-tu capable de marcher ? Est-ce qu'on pourra quand même aller au marais ?

Luc, rassurant, parle à sa petite sœur avec moult câlineries et une réplique rimée :

— Pour ma princesse, je tiendrai toutes mes promesses, même si on me coupait les deux fesses ! ce qui, à coup sûr, fait s'esclaffer l'enfant.

Quand même, Luc se rend vite compte qu'avec son handicap momentané, les moindres déplacements deviennent une corvée ; la routine matinale s'éternise. De plus, aucun soulier ne peut couvrir le pied et ses bandelettes. Alors, maman découpe un rond de caoutchouc qu'elle fixe au talon avec des lacets. Elle dépose son fils ainsi chaussé à l'école où il arrive à cloche-pied et en retard. Silence dans la classe où les étudiants, penchés sur les copies d'examen, griffonnent imparfaitement la loi des gaz parfaits. Discrètement, Mireille pousse un soupir de soulagement lorsqu'elle voit s'asseoir son confrère près d'elle. Est-il possible qu'elle se soit inquiétée de son absence? Une douce impression envahit Luc, à lui faire oublier la théorie des gaz de Le Châtelier. Pour l'instant, il lui faut se pencher sur le principe d'Avogadro et résoudre quarante problèmes de chimie. L'examen du ministère exige une concentration inouïe.

Trois heures plus tard, pour décompresser, Luc sirote un thé au café-terrasse quand soudain, quelqu'un lui marche sur le pied sans même s'en rendre compte. Grand Héron s'assoit en face de lui.

— Hé! *Man!* Montre-moi tes réponses pour voir si je le coule aussi, cet examen-là?

Pauvre Grand Héron, pense Luc, s'il continue à se geler les méninges tout le temps et à échouer ses examens, il ne pourra pas entrer au cégep en août. Mais sûrement, il s'en fout et il va noyer tout ça au party, ce soir. Et alors, pourquoi Luc perdrait-il du temps à lui montrer ses réponses? Il aurait bien envie de lui dire d'aller couler et noyer ses échecs ailleurs. En fait, il en a marre de servir d'utilitaire à ce fainéant. Masquant son ennui, il sort tout de même sa feuille-réponses pour la lui montrer.

Grand Héron sourit avec lenteur, regarde en diagonale en disant que Luc s'est sûrement trompé, puis se dirige vers la cafétéria.

Une fois tranquille, Luc écrit.

Chère Joëlle,

Je ne veux pas retourner en consultation avec un psy. Je sais bien d'où me viennent tous mes problèmes: un jour, tu m'as rejeté alors que tu étais la seule en qui j'avais confiance. Moi, je t'aimais par-dessus tout. Si tu n'es plus là, c'est ma faute. Après l'accident, j'ai passé trois mois avec des bouchons dans les oreilles, sans prononcer une parole. Ça fait presque cinq ans, mais je me sens encore coupable envers toi, envers les parents, envers tout le monde. Ils ignorent tout de mes pensées, de ce que j'ai fait. Je ne peux en parler à personne. On ne parle pas de ces choses-là.

En silence, Mireille s'approche de lui, tenant d'une main une tasse chaude et, de l'autre, une série de feuilles serrée contre sa poitrine : sans doute, ses calculs et réponses d'examen. Heureuse liasse, pense Luc. Il aurait le cœur en liesse d'avoir la tête posée à cet endroit, de s'y abandonner, de tout oublier. Il ferme vite son journal et regarde distraitement au mur le tableau des spéciaux du jour pour chasser ses pensées. Mireille veut sans doute comparer ses résultats aux siens, la référence en sciences. Il l'invite à prendre place à sa table. Alors, elle y dépose, pêle-mêle, par-dessus le journal, sa pile de cahiers et de feuilles de notes pendant que Luc se penche pour tirer de son sac ses réponses. Est-ce par hasard que leurs coudes se touchent ? Et par quel miracle ne retire-t-elle pas le bras ? Il se produit alors chez Luc une étrange sensation, entre le frisson et l'agréable décharge électrique… Que ne seraient-ils ailleurs, elle et lui ! Il toucherait plus haut que le coude. Ce soir… dans quelques heures, ils pourront échanger davantage, des regards, des mots, un baiser, peut-être ? Alors qu'il inspire profondément pour capter l'odeur de muguet qu'elle dégage, elle lui demande s'il soupire d'impatience croyant qu'elle vient, elle aussi, vérifier ses réponses.

— Ah, mais non, s'empresse de répliquer Luc. Ça ne me dérange pas du tout, fait-il en sortant sa feuille. Je viens tout juste de le faire pour Grand Héron.

Elle repousse la feuille-réponses. Inutile de discuter d'examen. *Alea jacta est*, dit-elle. Elle verra le résultat au bulletin. Vérifier ses réponses ne ferait que la stresser davantage, pour rien. Elle veut plutôt savoir ce que Luc a au pied.

Enfin, quelqu'un qui démontre un peu d'intérêt à son endroit. Luc en est tellement surpris que le voilà tout mal à l'aise. Parler de ses petits bobos à la fille de ses rêves lui semble d'un égocentrisme effronté, d'une désolante banalité. Il ne dit que le strict minimum : il a marché sur un vieux clou en cherchant une couleuvre pour sa sœur. Mais elle ne se contente pas de cette courte réponse et veut connaître les détails, pose des questions quant à la profondeur de la plaie, les circonstances de l'incident et les raisons de cette chasse à la couleuvre. Quand Luc raconte la légende inventée pour faire plaisir à Magali, la mise en scène et le concours de Caroline pour l'apparition de la fée Mélusine, Mireille reste sans voix, en suspens entre l'étonnement et l'admiration. Jamais elle n'a vu un grand frère se donner autant de peine pour sa petite sœur. Jamais autant d'attention…

— Normal… l'interrompt Luc. Rien de plus normal quand…

Mais Luc se tait subitement, chassant d'un geste vague ses dernières paroles. Il n'a pas le goût d'aborder le sujet, de justifier les raisons de son attachement particulier pour Mag. Il change de sujet, mais Mireille revient à la charge : pourquoi avoir demandé à Caro de jouer le rôle de la fée Mélu-machin et non à elle ?

— Quand j'ai fait la demande à Caro l'autre soir, toi, tu me semblais bien occupée avec Martineau. Et puis j'ignorais que ce genre de truc pouvait t'intéresser, répond Luc feignant le détachement, attitude qui devrait, il l'espère, émoustiller son interlocutrice.

Elle semble gênée, elle tortille ses mains, lèche ses lèvres, gestes singuliers que lui connaît Luc dans ses moments d'énervement. Avec un sourire anxieux, elle propose son aide au cas où il y aurait une prochaine fois. Puis, elle revient à la blessure de Luc. Comment pourra-t-il aller au bal avec un pied affublé d'un pareil pansement ? Et Caro, pauvre Caro, elle sera sûrement très déçue de perdre son cavalier.

— J'irai au bal quand même, intervient Luc avec assurance. Ce n'est pas cette petite blessure qui m'en empêchera.

Elle ouvre la bouche pour parler, mais se ravise au dernier moment, hésite, comme si elle cherchait des mots précis. À la sonnerie de la cloche, l'air désolé, la jeune fille se tait. Vivement, elle ramasse sa pile de cahiers et de notes en s'excusant. Il ne faut pas être en retard pour le dernier examen. Luc traverse le hall et se dirige vers l'ascenseur. En attendant que les portes s'ouvrent, il tourne la tête vers la foule d'étudiants en transit entre deux locaux d'examen ; véritable cohorte de fourmis angoissées. Plus loin dans un corridor, il l'aperçoit qui s'éloigne à travers la foule. Elle se faufile en doux méandres entre les corps, les odeurs de transpiration et de friture. Demi-tour à gauche pour ne pas râper ses bras à une ceinture à clous, un petit saut pour éviter les bottes lacées d'un *skinhead*, demi-tour à droite pour ne pas se piquer la joue aux cheveux hérissés d'un *punk*, un pas de côté pour ne pas s'accrocher aux vêtements toile d'araignée d'une gothique. Un voile de soie qui exécute un remarquable ballet en chassé-croisé, sans toucher personne. Puis elle jette un coup d'œil aux livres qu'elle tient dans ses bras. Tout à coup, elle relève vite la tête et semble chercher quelqu'un, elle se tourne vers l'ascenseur et se met à courir. Elle fait signe de la main, s'élance dans la foule pour rejoindre Luc. Comme les portes se referment, elle a juste le temps de crier:

— Attends! J'ai quelque chose à te donner...

En marchant vers la classe, la douleur irradie le pied et la jambe de Luc; mais son cœur, lui, bat à un autre rythme. Ainsi, Mireille veut lui donner quelque chose... Qu'est-ce donc? Mystère. Dans l'expectative, il échafaude des scénarios possibles pour provoquer l'espace-temps d'une conversation avec elle pendant la soirée du bal.

10

DE LA MAGIE POUR MAGALI

En fin d'après-midi, les nuages ont fui derrière une colline, à l'est, laissant la Lune se lever, sans couverture ni haillon, mais toujours avec son même air dépité. Pas surprenant qu'elle prenne cette tête-là, condamnée qu'elle est depuis la nuit des temps à contempler le désolant spectacle que lui offrent les hurluberlus de la planète Terre. Sûrement, sa face cachée doit se tordre de rire.

À l'heure du souper, Magali, aux prises avec une excitation qui ferait des vagues même sur la mer de la Tranquillité, ne veut rien avaler. En attendant son grand frère, elle a fabriqué un long serpent avec ses spaghettis sur le napperon. Deux grains de poivre vert, que Mag prend dans le moulin, lui font des yeux mats. En guise de langue : un filet de sauce tomate étendu avec la pointe d'un couteau. Maman se fâche gentiment et répète pour la millième fois :

— Mag, on ne joue pas avec la nourriture !

Mais Mag est dans son univers et s'inquiète d'une tout autre chose :

— Luc, est-ce que tu vas être capable de pédaler, avec ton pied ?

Luc lui caresse les cheveux et lui dit qu'il y arrivera sûrement en se servant de son talon.

Plus tôt dans l'après-midi, en attendant le retour de son frère, Mag a sorti les vélos, les a nettoyés avec de vieux chiffons. Elle a même frotté les casques. Elle ne veut pas passer pour une souillon aux yeux de la fée Mélusine. Dehors, près de la porte, les deux bicyclettes attendent maintenant la grande chevauchée vers le marais. Dans son panier, elle a déposé une bouteille d'eau, des biscuits enveloppés dans une serviette et du chasse-moustiques. Elle a aussi suivi les conseils de son frère et, malgré la chaleur de la mi-juin, a enfilé un pantalon, des chaussettes et ses espadrilles, le tout pour éviter les piqûres d'insectes.

Au début du parcours, Mag, tout à sa joie, pédale en chantonnant. Puis, lorsqu'ils pénètrent dans la forêt, elle s'extasie devant des détails des plus anodins. Ce faisant, elle rend à Luc un peu de son enthousiasme, perdu en raison de sa blessure au pied. Elle voudrait que son protecteur se sente, lui aussi, en état de grâce et qu'il oublie son gros bobo. En fait, elle applique la même médecine qu'on utilise avec elle lorsqu'elle a mal : faire des pieds et des mains pour faire rire, créer la diversion. Elle papote tout le reste du sentier. Elle raconte que les arbres se penchent au-dessus d'eux pour les protéger à leur passage. Elle suppose que les feuilles s'agitent pour les applaudir, son frère et elle, puisqu'ils accomplissent une fabuleuse mission. Elle voit se dessiner, dans la forme des nuages, des serpents, des fées et des dragons et, dans les souches couvertes de mousse, des châteaux pour les lutins de la forêt. Luc observe ses moindres gestes, envie son émerveillement. Un sourire large comme un clavier de piano est imprimé sur le visage de la petite depuis leur départ. Avec son casque rouge, Mag ressemble à une fourmi de dessin animé. Au cours des derniers jours, elle a pris beaucoup d'assurance sur le vélo et elle dévale allègrement le sentier en pente douce jusqu'au marais.

Dans les circonvolutions du cerveau de Luc, dont le parcours des pensées n'est jamais simple, des questions se bousculent quant aux événements à venir. Comment se déroulera la remontée? Caroline aura-t-elle oublié le rendez-vous? Aura-t-elle trouvé l'endroit? Parviendra-t-il à refaire le chemin en sens inverse malgré sa blessure? Pourquoi choisit-il toujours les solutions les plus compliquées pour résoudre les problèmes? De son côté, Mag, à qui l'enfance donne encore le pouvoir de vivre et de profiter du moment présent, ne s'en soucie guère. Pour l'instant, la vie est belle, tout va comme sur des roulettes. Fausse Coquine, en grande forme, bouge sans arrêt sous la toile du sac.

Dix-neuf heures cinquante. Ils arrivent sur la berge et déposent les bicyclettes près d'un banc de parc installé là pour les contemplatifs. Un marais rond comme un bol à soupe de géant. Les eaux dégagent des odeurs insolites. Pour Mag, ces eaux stagnantes sentent la salade aux cœurs d'artichauts, sans vinaigrette ni ciboulette. Pour Luc, ça sent l'eau croupie.

Il scrute l'horizon en direction du pont où devrait l'attendre Caroline. Vu d'ici, aucune trace. Il propose à Mag de s'asseoir, prétextant qu'il a un peu mal au pied. Ainsi, ils pourront bavarder. Des langues de brouillard traînent à la surface des eaux sombres. Des troncs d'arbres morts, gardiens d'un monde oublié, lèvent encore vers le ciel des épées noires en inutiles protestations. D'autres vieux arbres, tombés, cassés, pourris, ont abandonné la lutte pour faire place à des bouquets d'aulnes. Le vent s'est tu et l'eau dort. Dans le marais, la forêt se contemple la tête en bas.

Mag pose ses sempiternels «Pourquoi?» Pourquoi le paysage se reflète-t-il dans un marais, mais pas sur l'eau d'une piscine? Pourquoi peut-on voir les toutes petites choses tombées au fond de la piscine et non les monstres qui bougent au creux des lacs et des marais? Pour étirer le temps, Luc prend soin de lui répondre avec précision, expliquant l'influence de la couleur du fond d'un plan d'eau sur les jeux de la réflexion en surface. Mais aussitôt terminées les explications, d'autres questions surgissent dans la tête de Mag:

— Alors, est-ce que les yeux bleus réfléchissent plus que les yeux bruns?

Et toutes les trente secondes, elle revient avec cette question:

— Est-ce le bon moment, maintenant?

Vingt heures. Soudain, les épinettes valsent sous le vent qui s'éveille. Un craquement provenant de la rive droite fait surgir une volée de canards du fond d'une petite baie. Puis, un autre bruit sec retentit et les grenouilles se taisent définitivement. Les chevaliers solitaires cessent de pleurer. Silence. C'est l'heure où la couleur du jour change et où les ombres étirées s'effacent, mangées par la pénombre qui, lentement, envahit toutes formes en commençant par les pieds. Un frisson secoue Mag. Elle en est certaine : une chose se promène là-bas, sur la rive. Une fée ne ferait pas tant de bruit. Alors, un monstre ? Elle ne sait plus et ne se sent pas du tout rassurée. Comme elle ne veut pas passer pour une couarde aux yeux de son frère, elle se tait et ravale sa salive.

— Maintenant, c'est le moment, lui souffle Luc à l'oreille.

Malgré la peur qui engourdit ses membres, Mag soulève doucement le sac de toile et son odorant contenu qu'elle dépose sur la rive, l'ouvre avec précaution. Pourquoi la couleuvre ne bouge-t-elle pas ? Pourquoi refuse-t-elle de sortir ? Mag ne comprend pas et se tourne, perplexe, vers son frère.

— Peut-être qu'elle ne veut pas me laisser ? Peut-être qu'elle a peur ? demande-t-elle.

— Voyons donc ! Peur de quoi ? Elle est juste engourdie. Tu n'as qu'à secouer un peu le sac.

Incapable de violence et avec des gestes trop prudents, Mag tire doucement un coin du sac, puis l'autre, sans résultat. Bon, plus de temps à perdre maintenant, les minutes sont précieuses pour Luc qui empoigne le fond du sac et le secoue sans réserve. Enfin, voilà qu'apparaît la tête ovale qui grimace encore, puis le corps qui glisse ensuite sur l'eau en ondulations rapides. Luc s'écrie :

— Adieu, Coquine !

Alors, comme un éclair, Coquine II zigzague à la surface du marais, brisant le rayon de lune qui frissonne sur l'eau. Mag garde les yeux fixés sur le sillon jusqu'à ce qu'il s'évanouisse dans l'onde. Sa bouche bée va avaler des mouches. Bouche bée majuscule lorsqu'elle aperçoit surgir de derrière un gros rocher, plus loin sur la rive droite, la silhouette d'un personnage tout de blanc vêtu, une couronne de fleurs sur la tête, une cape qui ondule selon les caprices du vent ; une femme délicate passe entre les arbres et fait un signe de la main. Mag, muette, pointe du doigt l'apparition et plisse les yeux pour mieux voir. Quelques pas plus loin, la silhouette fantomatique contourne un massif d'arbustes et disparaît. C'était donc vrai ! Quelques minutes encore, les yeux rivés sur le bosquet derrière lequel s'est évanouie

Mélusine, Mag espère un retour comme on voudrait que jamais ne s'arrête la grande roue de la foire.

On jurerait qu'un ange a touché Magali, atteinte d'un étrange état de grâce. Elle ne parle plus, ne sourit même plus, marche sur la pointe des pieds, sans un bruit, avec la peur de percer un mystère. Luc capte dans son regard l'innocence pure. Elle paraît encore plus belle avec ses grands airs sérieux. Fier de lui, Luc a tenu sa promesse et a regagné toute la confiance de sa petite sœur. Poussé par un élan de tendresse, il la serre fort contre lui et lui dit à l'oreille:

— Elle ne reviendra pas. Il est tard, il faut partir.

Graduellement, le crépuscule estompe les couleurs du sous-bois. Luc et Mag enfourchent leur vélo et remontent le sentier sombre. Au loin, on entend le chant d'un huard. Des engoulevents balaient un coin de ciel. L'arrivée du noir a, sur Mag, un terrible pouvoir. Autant la forêt lui semblait accueillante et protectrice à l'allée, autant maintenant elle lui paraît hostile et pleine de dangers. Le hululement d'une chouette la fait soudain sursauter. Elle ne voit pas alors une grosse racine en saillie sur le parcours que la roue avant de la bicyclette heurte en pivotant, entraînant l'inévitable perte d'équilibre, la chute fatale et les genoux sur les cailloux. Pleurs et cris compris. Aussitôt, par réflexe, Luc met le pied à terre... son pied troué. Ce brusque contact avec le sol réveille, dans son système nerveux, des milliers de crocs qui se mettent à mordre le petit cratère de sa blessure où se nourrit la douleur pour repartir en tous sens. Maintenant, Luc a l'impression que son cœur bat dans le trou. Surtout, garder son sang-froid. Luc grimace en prenant soin de marcher sur son talon.

Il s'agenouille près de sa petite sœur :

— Ne crie pas, je t'en supplie, cesse de crier.

Et, en passant doucement les paumes sur ses joues, il essuie les larmes, lui demande où elle s'est fait mal. En guise de réponse, entre deux sanglots, Magali pointe du doigt le tas de cailloux où elle a atterri. Luc sourit et reformule sa question :

— Il est où, le bobo ?

Mag désigne alors ses genoux :

— J'avais mis mon pantalon neuf parce que je voulais être belle pour Mélusine. Mais là, il est déchiré.

Dans la forêt, des bruissements. Mag et Luc tournent la tête. Rien. Sans doute le vent.

Un peu de sang tache le genou gauche. Luc s'en inquiète et veut vérifier l'état des éraflures, mais il lui est impossible de le faire en remontant la jambe du pantalon. Il entreprend donc de défaire l'agrafe de la ceinture, de descendre la fermeture éclair et de baisser lentement le pantalon le long des cuisses en évitant de frotter le tissu sur les genoux. Lorsqu'elle voit les plaies rouges, Mag se remet à se plaindre plus fort:

— Touche pas! Ça va faire mal encore. Je le sais!

Des gravillons sont incrustés dans la chair. Il faut nettoyer la plaie. Luc caresse la petite sur la joue et parle doucement pour la consoler.

— Fais-moi confiance! Je ne te ferai pas mal. Je vais y aller tranquillement. Si ça chauffe, j'arrête tout de suite.

Au-delà de la bordure des arbres, Luc perçoit encore des craquements. Cette fois, on dirait des bruits de pas dans les branches. Quelqu'un est là qui guette, il en est certain. Il appelle: pas de réponse. Mag tremble. Luc la rassure:

— N'aie pas peur. Ce n'est rien. Donne-moi juste quelques minutes. Tout va s'arranger.

— On ne le dira pas à maman, hein? implore Mag.

— Bien sûr que non. Pour l'instant, laisse-moi faire.

Cette fois, il entend des murmures dans le bois, des voix qui chuchotent. Il se redresse et aperçoit deux fillettes qui s'enfuient, comme affolées. Les petites Simard. L'une d'elles se détourne et crie :

— Cette fois, je vais le dire !

Luc ne s'en préoccupe pas. Il prend plutôt la serviette et la bouteille d'eau dans le panier de Mag et ce n'est qu'alors qu'il comprend la scène vue de loin, celle qu'ont aperçue et sans doute interprétée les fillettes : lui, agenouillé près de sa sœur en pleurs à qui il a baissé le pantalon en disant des mots doux :

— Fais-moi confiance, je ne te ferai pas mal… Donne-moi juste quelques minutes…

Auraient-elles imaginé le pire ?

Il entreprend de nettoyer les plaies, super-ficielles quand même, et déchire ensuite la serviette dont il entoure les deux genoux. Il remonte et rattache le pantalon :

— Rien qu'un petit bobo. Après-demain, il n'y paraîtra plus.

— C'est sûrement une punition du destin parce que j'ai tué un maringouin. Mais écra-bouiller un maringouin, c'est moins pire que tuer une mouche. C'est pour ça que mon bobo est moins grave que le tien, hein, Luc? Je suis quand même chanceuse! Et puis, on a vu une fée!

Vingt heures trente! L'heure du bal approche. Luc a l'impression de vivre Cendrillon à l'envers: il voudrait courir, une seule chaussure au pied, l'autre pied s'étant métamorphosé en citrouille. Un conte où les couleuvres se changent en fées et où les vélos ne roulent plus carrosse. Princesse Mag refuse de monter sur sa bicyclette car, avec ses genoux éraflés, elle a trop mal quand elle pédale. Elle préfère marcher. Ainsi, clopin-clopant, les éclopés du marécage s'en vont en poussant chacun leur bicyclette, avançant avec peine dans un silence que brisent soudain, près du sentier, des bruissements dans les feuillages bas.

— Luc, on dirait qu'un monstre nous suit dans le bois. Ou bien c'est peut-être un ours qui veut nous manger! chuchote Mag au bord de la panique. Il a dû sentir mon sang.

— Chut! fait Luc en stoppant sa bicyclette. Écoute.

Ils tendent tous les deux l'oreille, quelques minutes, scrutent… Il y a des moments où on souhaiterait n'entendre qu'une mouche voler. Mais des froissements agitent sans cesse les feuilles. Est-ce le vent? Peut-être un fantôme, pense Luc.

— Joëlle! C'est toi? Joëlle! appelle soudain Luc.

— Pauvre toi, soupire Magali, tu sais bien que Joëlle est partie beaucoup trop loin pour faire du bruit dans les feuilles. Tu me fais peur.

— C'est vrai. Ce sont des oiseaux de nuit, sûrement. T'en fais pas. Continuons, la rassure Luc.

Ils poursuivent sur le sentier de plus en plus sombre, mais Luc garde l'inquiétante impression qu'ils sont suivis. Souvent, il se retourne, imaginant de mystérieux scénarios. Peut-être les petites Simard les épient-elles encore? Si oui, elles auront tôt fait de comprendre la situation réelle et seront parties chercher de l'aide. Soudain, au-delà du prochain détour, ils aperçoivent une jeune fille qui vient à leur rencontre: Caroline. Elle a eu le temps de se changer et, comme elle s'inquiétait du retard de son cavalier, elle a décidé de venir aux nouvelles.

— Ah! Quelle belle surprise de vous rencontrer ici pendant que je marche en solitaire! fait-elle, feignant l'innocence.

Elle a bientôt remarqué que les deux cyclistes éprouvent quelques difficultés et elle s'empresse de les aider en assoyant Magali sur le vélo de Luc qu'elle peut pousser aisément.

Magali observe attentivement la chevelure de la jeune fille en plissant les yeux. Luc regarde à son tour la coiffure de Caroline. Dans sa hâte, elle a omis de retirer une fleur de la couronne qui garnissait sa tête de fée. Qu'est-ce que Mag aura conclu ? Mieux vaut ne rien dire et laisser flotter le mystère.

À la sortie du sentier, Luc remercie Caroline et lui donne rendez-vous chez elle dans quelques minutes, le temps de se préparer lui-même. « Tu as oublié une fleur… » lui dit-il en secret pour ne pas être entendu de Magali. Mais Caro ne saisit pas bien et hausse les épaules en se retournant.

Lorsqu'il arrive en vue de la maison avec sa petite sœur, il compte ses pas pour forcer la marche : le pied gauche, le vélo, le pied droit ; un, deux, trois. En trois temps : rythme de valse, danse apprise pour le bal, en vain.

11

L'AVEU DE MARTINEAU

Un, deux, trois. Un, deux trois. Sur le pas de la porte, maman fait les cent pas, téléphone à la main, les sourcils crispés, un nœud sur les lèvres. Soupire plus fort que le vent quand elle aperçoit enfin approcher ses enfants traînant de la patte. Puis, c'est une véritable tempête de mots qui se lève : les questions de maman, les explications de Luc couvertes par le récit fébrile de Magali.

Un, deux, trois, un deux trois. Chemise, veste, bas, ceinture et veston. Souliers clinquants, tortillon du nœud papillon. Vite, vite, dépêchons ! Mais le talon ne veut pas passer dans le pantalon, le pied ne veut pas entrer dans le soulier, la chaussette ne veut pas couvrir le pansement. En désespoir de cause, Luc enfile un pantalon Cargo à fermoir éclair. Veste, pantalon chic, souliers vernis et nœud papillon vont valser sur l'édredon. À travers la porte, maman lance soudain :

— Ah oui ! Mireille a téléphoné.

— Qu'est-ce qu'elle voulait? demande Luc sur un ton camouflant mal son trop vif intérêt.

— Savoir où se trouve le marais des Brumes. Peut-être qu'elle voulait vous rejoindre là-bas?

— Ça m'étonnerait, mais...

Mieux vaut se taire. Maman pose beaucoup trop de questions et Luc, déjà en retard, ne veut pas en dire plus, surtout qu'il s'agit de Mireille. Quand même, pourquoi tenait-elle à savoir ce détail? Aurait-elle voulu prendre la place de Caro?

Le bal, le bal, combien de temps reste-t-il? Vite, Luc se hâte. Il doit placer la bière dans son sac à dos. Mais d'abord, vider celui-ci de son contenu: tous ces cartables, ces manuels scolaires, ce poids qui, l'année durant, a donné à sa colonne vertébrale la forme d'un «S» majuscule. Le journal? Où est son journal? Les journaux ne s'envolent pas comme ça et, Luc ne le sait que trop, parfois les écrits restent. Il cherche partout dans sa chambre; le carnet est introuvable. Tant pis! Plus tard, il verrait à le retrouver. Il n'a plus le temps, maintenant, il doit partir. Mais voilà que maman le poursuit jusque sur le balcon pour lui parler encore:

— Merci de m'avoir débarrassée de cette bête diabolique! Je t'en dois une!

C'est sûrement une bonne chose que d'accumuler des crédits dans le grand livre des comptes maternels. Peut-être que là, la loi du retour s'applique vraiment et que les *Air-mère*, ça rebondit inévitablement.

Une fois arrivé à la salle de bal, la première sensation qui assaille Luc n'est pas causée par les robes moulantes, à bretelles spaghetti, ni par les pires crapauds miraculeusement métamorphosés en princes charmants, ni par les cheveux de Dino Fluo enduits de gel et savamment coiffés. Pas même le décor d'inspiration Grèce antique avec ses colonnades, ses fausses vignes spiralées auxquelles pendent des raisins de plastique. Non. Dès qu'il traverse la tonnelle fleurie pour y recevoir la garniture de boutonnière, ce qui le surprend comme un coup dans l'estomac, c'est l'odeur. L'odeur des œillets. Des centaines d'œillets, entassés dans des corbeilles sur la table d'entrée: bouquets de corsage, garnitures de poignets, boutonnières, et plus loin aussi, partout, au centre de toutes les tables. On dit que la chair n'a pas de mémoire. Par contre, celle du nez est phénoménale. À travers ces relents de fleurs coupées surgit, comme un lion trop long-temps embusqué, un souvenir d'autant plus fort qu'il a été longtemps refoulé dans l'in-conscient : la dernière image de Joëlle, lèvres et paupières cachetées, maquillée pour mas-quer le teint plâtre déserté par le sang, les mains jointes sur un archipel de cristal. La belle au bois dormant dans le satin, sous une cascade de roses, de couronnes d'œillets et d'oiseaux de paradis. Les boucles de ses cheveux multipliaient les reflets des lampes autour de son visage. Comme elle lui avait semblé belle, encore, inerte mais lumineuse, muette mais heureuse, avec son éternel sou-rire d'ange gardien. Une pause tranquille qui réconciliait avec toutes les souffrances et les cauchemars des jours précédents. Joëlle sem-blait bien, dans une autre dimension du temps, au centre des chuchotements des visiteurs qui, eux, recueillis et solennels, avaient chaussé leurs masques des grandes tragédies grecques. Dans son écrin, comme une perle au milieu d'un champ de charbon froid, une oie blanche parmi les corneilles, Joëlle ne les écoutait plus.

Le tableau prenait les couleurs de ces icônes poignantes qui, par leur beauté, vous donnent le frisson des moments parfaits, une image que Luc avait voulu éterniser sur pellicule avant la séparation finale. Mais juste comme il avait fait la mise au point, sa mère s'était emparée de l'appareil photo:

— C'est un sacrilège! On ne photographie pas les morts!

Quelques minutes plus tard, irrévocablement, on avait fermé le grand coffre et Luc s'était caché dans les cabinets de toilette pour pleurer. Comme il aurait voulu prendre cette dernière photo!

Et l'odeur aigre-douce, la couleur et la forme de l'œillet qu'on épingle sur son chandail ressemblaient en tous points à celui qu'il avait glissé dans la main de Joëlle juste avant son grand départ. Une larme, au coin de l'œil, va trahir son émotion. Aussitôt, une main le frôle juste là pour l'effacer. Luc se retourne pour voir qui s'est rendu compte de sa soudaine émotion: personne, un courant d'air, un souffle. Joëlle?

Entre les conversations des groupuscules disséminés, agglutinés dans la salle, debout, en costume d'apparat, déguisés, des duchesses et des marquis aux sourires figés remplacent les corneilles et les pingouins qui entouraient Joëlle à l'époque. Luc ferme les yeux pour humer plus profondément, pour rendre l'image de Joëlle plus claire. Est-il préférable de la ramener sans cesse à ses souvenirs ou de l'oublier à jamais? Non. Ne jamais l'oublier. Jamais!

Soudain, un parfum de muguet vient chasser celui de l'œillet. C'est Mireille. Elle a remonté sa chevelure dorée en un chignon vaporeux parsemé de rosettes et de perles. Une robe longue, noir et grenat, satin et velours, moule la taille, laissant paraître l'échancrure d'un décolleté où l'on voudrait enfouir les doigts, le nez, les lèvres. Minutieusement lacée dans le dos, la robe découvre les frêles omoplates. Au dernier nœud s'évanouit le sillon creux de la colonne vertébrale. Tout l'or des rivières ne vaut pas le petit ruisseau de duvet doré qui descend et se perd sous l'ouverture en V du tissu. À son tour, elle aperçoit Luc et lui sourit en disant qu'elle a quelque chose à lui remettre un peu plus tard. Très intrigué, il suit du regard les mouvements gracieux de la belle qui disparaît bientôt entre les pions de la foule. Ça parle, ça rit, ça crie, ça veut vivre ses folies, avec des masques de jours de fêtes.

La musique cogne à faire danser l'intestin. Les bulles montent et montent sans relâche, en rangs d'oignons, pour crever à la surface dans des verres hauts sur pied. Les filles, juchées sur leurs talons, ont toutes grandi d'une tête.

Où est-elle passée, parmi les trois cents têtes et la fumée ? Dans la pénombre, la salle paraît infinie, comme si les ténèbres repoussaient les murs. Luc traverse en boitant l'espace sombre, se faufile entre les tables qu'éclairent des chandelles tremblotantes. Que lui paraît vaste cette salle ; une vastitude qui n'a rien à voir avec celle de la discothèque du centre-ville !

Ça élance dans son pied. Il s'arrête un peu, le temps que s'apaise la douleur, une pause pour regarder tout alentour. Pas de trace d'elle. Il reprend la grande traversée, lentement, pour atteindre enfin son but, le bar où il n'a qu'une envie : s'asseoir pour siroter un apéro et observer les allées et venues tout à son aise.

Pour cette soirée, les étudiants ont tellement voulu paraître différents que le résultat est désopilant : ils se ressemblent tous. Les gars sont invariablement vêtus de smokings, les filles, de robes longues satinées, une écharpe posée sur leurs épaules nues. Pourtant, ils se révolteraient qu'un uniforme leur soit imposé à l'école. Les voilà au bal, tous sur leur trente-six, un trente-six des plus équivalents. Quant aux filles, 36-24-36, elles ont trouvé la robe, le soutien-gorge à armatures et à coussinets pour augmenter en volume les poitrines que la nature a moins gâtées ; le miracle d'un Wonderbra avec coussinets galbants. Même Sophie, dont les seins ont habituellement la taille d'un dessus de pile AA, exhibe un beau décolleté galbé.

Ils ne sont pas là pour la symbolique de l'événement, le rituel de passage, mais non. Ils y sont pour le paraître : « Regardez-moi danser dans mon beau costume ! Regardez-moi, admirez-moi ! Je suis là. J'existe. Je suis quelqu'un. » Et ils discutent dans le dos les uns des autres. Est-ce uniquement ça, la nature humaine ? L'avantage de vivre en société ? L'interdépendance ? Le décorum ? Au fond, ils s'ennuient et cherchent par tous les moyens à se rendre intéressants. Dans leur vie banale, ils s'ennuient tellement. Sinon, comment feraient-ils pour être heureux ? Encore une fois, Luc observe avec son regard sombre. Il interrompt ses cyniques pensées pour se regarder, lui, vêtu de son pantalon Cargo parce qu'il n'a pas pu enfiler son costume chic. Il doit bien se l'avouer : l'envie et la jalousie le rongent. Au fond, ce soir, il aurait bien aimé être comme les autres.

Caroline rejoint Luc, puis s'ajoutent Geneviève, Sophie, Marie, Claudia et d'autres, aux visages connus, mais sans identité précise pour l'instant : les amies des amies que l'on présente à Luc qui se retrouve bientôt entouré d'un essaim de filles. Elles le questionnent sur sa fâcheuse situation. Pourquoi cette claudication ? Pourquoi ce costume ? Pourquoi ce bandage ? En riant, Luc raconte ses mésaventures, ce qui ne tarde pas à mettre du piquant dans les conversations. Les rires attirent d'autres étudiantes qui s'ajoutent à l'auditoire, dense et debout, au-delà duquel Luc ne peut plus surveiller les allées et venues de celle qui l'intéresse.

Il se méfie : si ces demoiselles lui montrent tant d'intérêt, ce n'est peut-être pas par empathie pour lui, mais pour meubler leur angoisse des débuts de soirée de jeunes filles non accompagnées. Elles ont peur de paraître ridicules parce que seules. Il comprend bien ce sentiment qu'il a lui-même éprouvé souvent. Alors, il devient impératif pour elles de trouver quelqu'un, quelque chose à dire, une raison de rire ; n'importe quoi pourvu qu'elles ne restent pas chacune dans un coin. Pour remplir ce vide, Luc devient l'ami idéal : affable, sympathique, volubile et de conversation agréable, un gars capable d'exprimer et de nommer les émotions, mais aussi et surtout, capable d'écouter. Un rôle qu'il a joué souvent.

Enfin, la voilà qui passe près du groupe, ralentit, hésite. Pourquoi? Trop intimidée pour s'y joindre? Un peu envieuse de la popularité de Luc? Il faudrait la retenir, mais Luc est cerné de toutes parts; elle poursuit sa route pour se fondre à un autre groupuscule.

Comme il ne peut pas danser, Luc reste vissé à son siège. Autour de lui, les visages se renouvellent, un défilé bizarre où lentement tombent les masques. Chut! Parler plus bas maintenant et lire sur les lèvres à travers la musique pour capter les propos plus intimes à l'heure des confidences. Témoignages de problèmes sentimentaux, récits de sagas amoureuses. Sans vraiment attendre de conseils, les congénères souhaitent seulement trouver un réceptacle à leurs tourments. Et Luc est là, ange de patience, thérapeute bénévole pour problèmes en tout genre, l'oreille musclée, le récipient des secrets dont la liste s'allonge au fil des heures: la peine d'amour de Julie, les vues de Marie sur le beau Stéphane qui, pourtant, aux yeux de Luc, est laid comme un pou, les prouesses tantriques et extatiques de Johannie, les malheurs et les complexes poitrinaires de Sophie, les problèmes d'obésité de Dino Fluo qui ne peut plus se glisser entre la table et la banquette du Mac Do et Treena, la gothique, qui dit souffrir d'un dédoublement de personnalité et se croit la réincarnation de Mina à la recherche de son Dracula.

Le temps passe. Où est-elle, maintenant? Tout le monde boit un coup, commence à être pompette. Combien de synapses nerveuses sont détruites chaque fois qu'on prend une bière? Luc se le demande en voyant Martineau soûl s'écrouler sur le banc près de lui, ravalant ses mots, cachant le plus grand désespoir. Il formule ses phrases avec peine:

— Luc, ça fait longtemps que je le sais, tous les deux, on est différents des autres…

— Forcément, Martineau, tout le monde est différent. Quelle profonde théorie veux-tu me démontrer là?

— Que tous les deux, on est différents des autres et aussi, qu'on a un point commun.

— C'est certain. Notre point commun, c'est un océan… l'océan des différences qui nous sépare, s'empresse de répondre Luc en souriant.

— Blague pas… J'ai réalisé quelque chose. Ça m'a pris du temps, mais maintenant, j'en suis certain, annonce Martineau après une autre gorgée de bière. Je ne l'ai jamais dit avant, mais je suis un grand sensible et, pour le cacher, je me sauve dans les sports d'équipe, je joue au dur… L'autre jour, quand je t'ai vu aller chercher ta médaille au Gala Méritas, j'ai senti que, toi aussi, tu étais différent, rapport à la sensibilité, sauf que toi, pour ne pas le montrer, tu bascules dans l'intello, le mental. J'ai beaucoup, beaucoup d'admiration pour toi et même…

Martineau s'interrompt pour avaler le fond de sa bière avant de poursuivre. Luc croit percevoir un trémolo dans sa voix.

— Chaque fois que je te vois, ça me fait comme un serrement au cœur et une chaleur là, avoue-t-il en désignant son ventre. Je sais que tu ne te moqueras pas si je te le dis maintenant. J'ai refoulé ça longtemps, soupire-t-il avant de faire une longue pause.

— Quoi? s'impatiente Luc. Est-ce qu'il faut que je devine? Veux-tu être plus clair?

Par un signe de tête affirmatif, Martineau se résigne à cracher le morceau.

— Luc, c'est la première fois que j'éprouve un si grand sentiment pour quelqu'un et ce quelqu'un…

— Oui, je sais, l'interrompt Luc. Ce quelqu'un, c'est Mireille.

— Non, pas du tout. Mireille, c'était un prétexte pour passer du temps avec toi. Ce quelqu'un, c'est toi!

Martineau, très ému, pose une main trop affectueuse sur l'épaule de Luc qui, envahi d'un grand malaise, ne sait que dire, quel conseil donner. C'est le comble! Pour dissiper toute mauvaise interprétation, il retire vitement cette main qui pèse trop lourd à présent. La surprise le désarçonne: Martineau, un homo! Lui qui pourtant, dans toute l'école, incarne un modèle de virilité! Et le voilà épris de Luc par-dessus le marché. Pourquoi? Est-ce que Luc dégage quelque chose qui puisse attirer les homosexuels? Si oui, quoi? Il voudrait se redresser, lever les bras, s'écarter en criant: «Laisse-moi tranquille! Non, ce n'est pas ce que tu penses, je ne suis pas aux hommes! Fous-moi la paix!» Mais il réussit à se contenir pour ne pas créer d'incident parmi la foule. Il essaie de comprendre ce qu'il a fait pour en arriver là. Comment les événements ont-ils pu déraper de la sorte?

Après un moment de réflexion, tentant de masquer sa répulsion soudaine, Luc se lève et répond à son soupirant:

— Tu te trompes sur mon compte. Je ne suis pas ton genre. Moi, j'aime les filles. Tu as bien du courage de me faire des aveux, mais je ne peux pas t'aider.

Il s'en va plus loin, laissant là un Martineau dépité.

Luc a perdu la notion du temps. Plus la soirée avance, plus la foule diminue. Des groupes se forment et quittent la salle pour se rendre à l'extérieur. Où vont-ils tous ? Pourquoi s'en vont-ils alors que, pour Luc, la soirée ne fait que commencer ? Il n'a même pas encore réussi à aborder celle qu'il convoite. Et cet objet qu'elle devait lui remettre ? La plupart des étudiants ont déjà quitté leurs costumes de bal pour enfiler des vêtements plus décontractés. Ils titubent et s'en vont, ivres, avec leurs rires et leur sac à dos. L'après-bal ! Déjà ? Effectivement, plusieurs étudiants vont poursuivre la nuit ailleurs, hors protocole. Comme il ne comptait pas y aller auparavant, Luc ne connaît ni l'endroit, ni la façon de s'y rendre. Il apprend d'un étudiant que l'événement a lieu dans un chalet de campagne et que deux autobus attendent dehors pour les y conduire.

Dans le stationnement, Luc aperçoit enfin sa muse entourée d'une troupe de joyeux lurons qui montent dans un minibus. Vite, Luc n'a qu'une pensée en tête : la suivre. Toujours clopinant, il grimpe dans le véhicule.

Elle s'est assise près de Jonas, un membre de l'équipe d'impro. Comme il passe près d'elle dans l'allée, Luc veut lui adresser un sourire ensorceleur, mais elle détourne les yeux pour entamer la conversation avec Jonas.

Après un trajet rempli de tentatives de chansons, de cris, de rires et de plaintes, il est bon de respirer l'air pur en arrivant. Le temps est particulièrement frais pour cette nuit de juin. Les paroles de brouillard sortent de la bouche. Trop légèrement vêtus, les finissants et leurs amis s'engouffrent aussitôt dans le chalet ; un bâtiment où le grand ménage n'a sûrement pas été fait depuis plusieurs printemps. Heureusement, la pénombre cache les cernes sur les murs, les tapis de poussières sur les rebords de fenêtre et sous les meubles et les festons de toiles d'araignées accrochés aux encoignures. Dès qu'on met le pied dans le salon, ça croustille sous le talon : ce sont des cadavres de mouches accumulés là depuis des lunes.

Comme les filles ont froid, elles prennent place sur les fauteuils et sofas disposés autour de la salle, tous convergeant vers un seul et unique centre d'intérêt : un poêle à combustion lente, noir et mort, qui remplace ici le conventionnel téléviseur. Grand Héron a tout de suite la brillante idée de l'allumer. Il en bourre le ventre de papier chiffonné, puis d'éclisses de bois et enfin de bûches, autant qu'il peut en mettre. Malgré son état d'ébriété avancé, il pense à ouvrir toutes les clés de l'engin. Il gratte une allumette pour enflammer un journal enroulé. Il a trop bu et sa gêne habituelle s'est volatilisée. Il a trop bu et il se sent la vedette de la salle. Il a trop bu et veut prendre le plancher, pour une fois, marcher sur les mouches, comme un roi. Tout guilleret, il promène à la ronde la torche allumée qui servira d'amorce au feu. Il fait des gestes d'escrimeur, et rit, et chante, et tourne et... risque de mettre le feu, pris dans un élan de délire. Des flammèches volent au-dessus des têtes. Personne n'ose approcher ce pyromane allumé. Plus les filles paniquent, plus elles crient, plus Grand Héron rigole et savoure la toute-puissance que lui procure le feu.

Craignant pour les yeux, les sourcils, les cils et, surtout, pour les cheveux des jeunes filles qui s'énervent, Luc intervient par derrière, lui saisit le bras et dit doucement:

— Hey! Grand Héron, chevalier de feu, les dames vont périr de froid si tu n'allumes pas maintenant. Alors, sois bon prince!

Soudain tout fier de ce titre, Grand Héron s'exécute enfin, sous les soupirs de soulagement des demoiselles.

Au début, la douce chaleur du feu de bois anime les échanges, rougit les joues. Des couples s'enlacent et chuchotent. Quant à lui, calé dans un fauteuil défoncé, Luc se sent soudain enveloppé de bien-être. Une bière à la main, il n'a plus envie de bouger. Dans la pièce, la température monte, monte. Grand Héron a tant bourré l'antre du poêle que bientôt, les conversations s'évanouissent, les têtes basculent, les paupières tombent. Qui pourrait croire que la chaleur puisse ankyloser les cerveaux autant que le froid ? Les cerveaux, peut-être, mais pas les mouches. Peu à peu, dans un étrange crescendo s'élève une rumeur continue, un vrombissement sur le sol : la touffeur a réveillé les mouches qui, par terre, se mettent à tourner sur le dos comme autant de petites toupies folles. Parfois, l'une d'elles réussit à se retourner sur ses pattes et à s'envoler avec maladresse pour aller se frapper la tête contre le verre de la lampe à huile.

Installées sur une causeuse, Mireille et Caroline ont pris soin de remonter leurs pieds sous elles pour ne pas que les insectes les chatouillent. Elles discutent tout bas ; une conversation que ponctuent leurs ricanements et des œillades vers Luc. Pourquoi rient-elles ? Se moquent-elles de lui ? Seraient-elles au courant pour Martineau? Encore, Luc s'invente des chimères et se demande s'il ne devient pas paranoïaque.

Le feu crépite et des dizaines de mouches zigzaguent maintenant au plafond. La flamme tremble dans la lampe-tempête qui éclaire timidement les visages luisants. Mireille est belle avec ses yeux brillants de fin de soirée. Un sourire passe entre eux, ce genre de moment magique dont on se souvient toujours. Mireille se lève, contourne avec prudence la plaque du poêle et s'avance vers Luc assis de l'autre côté de la salle. Juste comme elle passe près du feu, quelque chose tombe sur sa tête, mais elle ne s'en rend pas compte. Grand Héron, lui, a vu:

— Mireille, tu as un truc qui bouge dans tes cheveux! l'avertit-il d'une voix pâteuse.

Elle fige au milieu de la pièce en demandant, angoissée, quel est ce truc.

— Sais pas trop! C'est pris dans tes cheveux. C'est vivant.

Les mains au-dessus de la tête, elle n'ose plus faire un geste, elle ne veut même pas toucher cette chose inconnue. D'abord, elle tente de garder son calme et répète à qui veut l'entendre, de lui enlever ça parce que cette chose s'enfonce plus loin dans sa chevelure et vibre maintenant près de son oreille. Alors,

Petite Blatte brandit un journal pour taper, Jonas soulève le catalogue Sears avec la même intention, Patrick, le tisonnier, et Frédéric a trouvé une tapette à mouche. Ainsi armés, ils tournoient autour d'elle qui, de plus en plus paniquée par autant de menaces nouvelles, craint de se faire tabasser par ces âmes secourables mais effrayantes. Elle les supplie d'arrêter, dit qu'ils vont lui écrabouiller la tête, que c'est dégueulasse. Puis, comme ils continuent d'approcher, elle crie. Un cri d'horreur qu'on croirait avoir été refoulé une vie entière. Saisissant, insupportable. Luc enfonce ses index au fond de ses oreilles. Mais trop tard, l'image surgit de sa mémoire morte : il revoit Joëlle hurlant sous l'impact de l'accident, la tête qui bascule, le corps projeté plus loin, le sang qui fuit sur l'asphalte, le bourdonnement confus d'après… Pourquoi le cerveau n'a-t-il pas évacué complètement ce moment atroce ? Il voudrait chasser cette scène pour de bon, s'en libérer. Il doit faire face, penser à maintenant, agir. Il retire ses doigts de ses oreilles. La pauvre Mireille, morte de peur, hurle maintenant :

— Ne me touchez pas ! Ne me touchez pas !

Avec son pied blessé, Luc se déplace lentement pour traverser la bande d'énervés qui turlupinent Mireille. Alors, s'accrochant à eux, Luc les écarte un à un pour se placer face à elle, statufiée, dont seules les lèvres continuent d'articuler, suppliantes :

— Ne me touchez pas !

Il la regarde dans les yeux et lui parle fermement :

— STOP ! Ne bouge plus ! Je ne te toucherai pas ! Tu as une mouche prise dans les cheveux. Je vais l'enlever. C'est tout. Mais ne bouge pas.

La mouche est là, elle a fait surface sur une mèche. Ignorant le drame qu'elle provoque, elle se frotte la tête de ses pattes de devant. Puis elle fait l'acrobate sur un cheveu. Luc ouvre la main, la passe rapidement près de la chevelure, la referme tout aussi vite sur l'insecte indemne qu'il lance aussitôt dehors. C'est fini. Mireille sourit mais tremble encore un peu. Luc la prend par le bras et la conduit au fond de la pièce, à l'écart des autres, vers un fauteuil aux larges bras où ils s'assoient tous les deux. Il chuchote :

— Tu vois, je ne t'ai pas touchée.

Alors, elle retire doucement son bras qu'il touche, justement, et elle écarte le sujet comme elle écarte son corps en le félicitant d'avoir aussi épargné la mouche. Par un flot de mots, elle remercie pour la délicatesse, pour la rapidité du geste, pour le sauvetage de justesse. Pourquoi ne l'enlace-t-elle pas ? Pourquoi pas même un petit bisou sur la joue ?

Au moins, il est enfin près d'elle et il s'accroche à cette pensée. Ça tourne. Le reste de la salle est oublié ; Luc ne voit plus qu'une paire d'yeux, de lèvres, une chevelure sur laquelle dansent les reflets du feu. Il se passe un temps pendant lequel survient un mouvement, un déplacement. Osera-t-elle poser sa tête sur l'épaule de Luc ? Pourquoi sent-il cette soudaine ivresse ? A-t-il tant bu ? Non, c'est la proximité, le magnétisme, les mystères de cette fille qui le chavirent. Si près de lui à présent et en même temps, si lointaine. Enfin, il demande :

— Pourquoi on ne peut pas te toucher ?

Elle relève les sourcils, réfléchit un moment puis avoue qu'elle a une grande confiance en lui et que cette confiance unique lui permettra de lui dire la vérité, mais au prix de grands efforts. Toutefois, elle lui fait promettre de n'en parler à personne. Puis, avec une voix qui n'est pas la même, elle se dévoile. Dès l'âge de six ans, elle a été victime d'agressions sexuelles. Sans donner plus de détails, elle mentionne que son demi-frère l'a violée à plusieurs reprises. Depuis, elle n'arrive plus à supporter le contact physique des hommes. Elle a peur, une peur viscérale, incontrôlable qui la porte à se méfier de tous. Maintenant, elle a l'impression de n'être qu'une tête privée de corps et une âme déchirée entre la méfiance, le désir de vengeance et la honte. Voilà aussi pourquoi elle éconduit tous les prétendants qui lui font des avances.

Voilà pourquoi Mireille est si farouche, voire provocatrice parfois. Comme Luc en veut soudain à ce demi-frère inconnu qui a transformé cette merveilleuse fille en poupée de porcelaine, si fragile sous l'émail qu'elle se briserait si on osait la prendre. Elle sourit de ses lèvres, mais pas de ses yeux, mal à l'aise maintenant. Elle se met à parler rapidement, le remercie d'être là, lui jure une amitié fidèle et ajoute qu'il est un ange tombé d'un autre ciel.

Un ange, l'être parfaitement impalpable! Voilà de qui elle a besoin. Mais Luc a-t-il vraiment la force de jouer ce rôle? La figure christique, le sauveur qui reconstruirait l'équilibre affectif et sexuel de cette fille? Aurait-il envie de se faire rabrouer, coup sur coup, pour un baiser furtif ou une simple caresse? Alors que lui semblait enfin arrivé le moment idéal pour amorcer la conversation tant attendue, l'occasion rêvée d'une belle intimité, cet aveu lui fait l'effet d'un coup de massue dans le ventre. Ce défi est-il insurmontable ? Comment peut-on apprivoiser une mouche ? Elle se sauve tout le temps.

Il se sent soudainement très fatigué. Il ne sait comment faire face à ces vérités insoupçonnées, avouées presque coup sur coup par des êtres si proches de lui : l'homosexualité de Martineau et le traumatisme de Mireille. Et pourtant il n'a rien vu, rien deviné malgré les supposés dons de télesthésie qu'il croyait avoir. Il réussit à rassembler ce qui lui reste de raison pour murmurer qu'il n'y a rien qui ne puisse être réparé. Par un miracle inespéré, Mireille pose sa tête sur son épaule et ferme les yeux. Il aime cette fille, plus que tout. Il ne la laissera pas tomber, pas maintenant. Il se promet d'être patient, encore.

Ses yeux ne tiennent plus ouverts et sa tête penche lentement. Après cette longue et épuisante journée, il s'endort à demi-assis sur le fauteuil. Ou bien il fuit dans le sommeil, ou bien la combinaison bière et anti-inflammatoires était contre-indiquée.

12

TOI, L'INSECTE !

Il a dû dormir là longtemps, deux heures peut-être. Quand on le réveille, il est temps de rentrer. Il est 3 h du matin. Mireille n'est plus là. Elle a sans doute profité d'une autre occasion pour rentrer plus tôt. Dans le minibus qui le ramène chez lui, il se remémore leur conversation, encore et encore, puis il se souvient que Mireille a omis de lui remettre le petit quelque chose qu'elle avait promis. Peut-être l'appellerait-elle au cours de la journée? Pour l'instant, il ne sait plus qu'en penser; il a juste besoin de retrouver son lit, de dormir.

Au milieu de l'après-midi, la sonnerie du téléphone le réveille. Il se lève comme un ressort et clopine vers l'appareil pour répondre le premier. Une voie inconnue, froide, demande à parler à l'un de ses parents. Luc remet l'appareil à sa mère qui écoute le discours tenu par l'interlocutrice importune, un discours que Luc juge sérieux puis, de plus en plus dramatique, selon les phases de déconfiture que prend le visage de sa mère silencieuse. Son front se crispe, les sourcils se froncent, les lèvres se durcissent, la respiration s'accélère. « Mon Dieu ! » soupire-t-elle. Il s'agit sûrement d'une tragédie. Quelqu'un est mort, rien de moins. Quand maman raccroche, elle n'est plus qu'un fantôme. Une main sur la bouche, muette ; des larmes au coin des yeux, hagards. Elle secoue la tête comme pour sortir d'un cauchemar, se la prend ensuite entre les mains pour en interrompre l'inutile va-et-vient. Luc s'approche et tente de la réconforter, lui demande ce qui se passe, mais, promptement, elle recule :

— Toi ! Ne me touche pas ! Qu'est-ce que tu as fait ! Mais qu'est-ce que tu as fait ?

— Rien. Rien de grave, en tout cas. Pourquoi ? Qu'y a-t-il ? Où est Mag ? Est-ce qu'elle va bien ? questionne Luc qui ne comprend rien à la soudaine colère de sa mère.

Maman exige la vérité et éclate : une plainte a été portée contre lui. Les intervenants de la Direction de la protection de la jeunesse s'en viennent pour faire enquête. C'est très grave !

Ça y est, pense Luc, par esprit de vengeance, les petites langues sales des jumelles Simard se sont laissées aller. Peu importe ce qu'elles auront inventé, Luc saura facilement dénouer l'imbroglio, il en est certain, et cherchera par tous les moyens à rassurer sa mère, son père, l'intervenant, l'enquêteur, le thérapeute, la terre entière…

Puis les événements se bousculent comme dans un jeu de domino. L'après-midi même, un certain M. Rondeau, enquêteur, rencontre Luc. Non seulement on l'accuse d'actes exhibitionnistes, mais aussi d'attouchements sexuels sur la personne de sa petite sœur. Le rapport fait état qu'il a été vu, à au moins deux reprises, la caressant, la dévêtant et lui tenant des propos sans équivoque :

— Fais-moi confiance. Je ne te ferai pas mal. Je vais y aller tranquillement. Si ça chauffe, j'arrête tout de suite…

On ajoute à cela qu'il a fait promettre à Magali de ne pas le dire à maman, on a entendu les cris de Magali :

— Touche pas, ça va faire mal, encore. Je le sais !

Et l'accusation de relation incestueuse est complète.

Le lendemain, l'enquêteur Rondeau se présente de nouveau pour un entretien avec Luc, lui résume certains témoignages et lui fait part des conséquences des plaintes qui pèsent sur lui. Abasourdi, Luc nie en bloc ces calomnies et se débat pour expliquer sa version, pour convaincre de toutes les façons.

Il raconte même qu'il a voulu consoler le chagrin de sa sœur pour la perte de sa couleuvre par une histoire de métamorphose en fée, qu'il a cherché à lui faire oublier la mort d'une mouche par la construction d'un somptueux tombeau, que le crime des petites Simard est d'avoir amputé des fourmis et que le sien, à lui, est d'avoir écrabouillé Grisella, une mouche domestique. M. Rondeau écoute, sourire en coin, l'air découragé. Il prend quelques notes, pose d'autres questions, sans rapport, à propos des liens de Luc avec ses parents, lorsqu'il était petit, de ceux qu'il avait avec sa sœur Joëlle, n'importe quoi! Puis il ferme son dossier et se lève. Cependant, avant qu'il quitte la pièce, Luc le retient et insiste pour savoir ce qu'a raconté Mag lors de la rencontre puisque, pour lui, tout repose sur le témoignage de la petite. Il mentionne que Magali ne veut rien dire parce qu'elle semble effrayée. Elle a parlé seulement d'un étrange changement chez son frère et a dit qu'elle avait très peur de ce qu'il deviendra. Rien pour arranger les choses.

Le lendemain et le surlendemain, on interroge à huis clos chaque membre de la famille. Luc ignore ce que racontent les uns et les autres. Ce qu'il sait, c'est que rien ne semble s'arranger et qu'une tonne de béton pèse maintenant sur l'atmosphère de la maison. Le doute empoisonne les regards, les paroles, les silences, jusqu'à la nourriture que l'on touche à peine. Luc s'enferme dans sa chambre avec des bouchons insonorisants dans les oreilles pour n'entendre que les bruits de son cerveau.

Il aimerait écrire ses réflexions dans son journal qui reste toujours introuvable. Et pourtant, dans sa tête, ça tourne à un rythme infernal. Impossible d'arrêter cette matière grise. Il est dans une impasse et a l'impression que le mauvais sort s'acharne sur lui. Jusqu'à hier, il croyait pouvoir trouver facilement une façon de s'en sortir, mais le voilà enfoncé encore plus profondément. Comme l'instant lui paraît fragile! On tue une mouche et on crée un incident diplomatique. On se touche le pipi, on est accusé d'exhibitionnisme et de perversion. On se préoccupe de sa petite sœur qu'on aime par-dessus tout et on est accusé d'inceste. Il s'impose des exercices de compétences sociales pour tenter d'être correct avec les autres, en jouant bien les rôles, en faisant le caméléon, tout éclate. Quelle ironie! Il a l'impression d'être dans la plus cynique des pièces de théâtre, où tous les acteurs conspirent contre lui. Il a perdu sa crédibilité auprès de ceux qu'il croyait ses phares. Même Mag le fuit comme s'il était un monstre. Qu'a-t-on pu lui dire pour qu'elle ait si peur maintenant? Si au moins le pouvoir dont Joëlle lui avait parlé pouvait servir à bon escient… La seule fois qu'il aura servi, sous l'effet de la colère et du rejet, il avait fait la pire des catastrophes. Il aimerait tant que Joëlle puisse lui venir en aide, qu'elle lui envoie un signe maintenant. Il la prie, l'implore.

Luc observe autour de lui, à la recherche d'un mouvement, d'une subtilité, d'un objet insolite qui pourrait lui donner l'espoir que Joëlle veille sur lui. Rien, il ne se passe rien. Pourquoi veillerait-elle sur lui?

Les chimères le guettent, le houspillent. Il se secoue pour les chasser et en appelle à sa raison pour mieux réfléchir. Reprenant la séquence des faits, il est étonné de constater à quel point les autres entrent si facilement dans la tragédie, sautent si vite à de fatales conclusions, à la terrible condamnation. Au surplus, il est ahuri devant la facilité qu'ont eue deux fillettes à manipuler un tas de gens, par vengeance; deux fillettes de dix ans à peine, méchantes, en manque de péripéties. Les gens aiment tant le sensationnalisme, les rumeurs gonflées à bloc, les histoires des journaux à potins qu'ils en inventent, à tort et à travers, et y croient plus qu'à la réalité même parce que leur vie, trop banale et sclérosée, manque de piquant. Les potins : le sel de la planète ! Une poudre lancée sur lui qui risquait de faire exploser sa vie déjà fissurée. Sur ses tympans, le bourdonnement devient intolérable. Ça suffit ! Il retire les bouchons et inspire profondément, se calme. Il se rassure et se convainc qu'on finira bien par le croire, lui. Il établit un plan.

Premièrement, il lui faudra revêtir un rôle, se détacher de lui-même, de ses propres émotions et de la situation, comme dans une dramatique d'improvisation. Deuxièmement, garder la tête haute et le cœur confiant. Il ne se laissera pas avoir par les calomnies de deux fillettes. Non, il ne subira pas un procès qui n'est pas le sien. Troisièmement, comme il ne pourra pas s'en sortir seul, il lui faudra, pour une fois, l'humilité et le courage de demander de l'aide puisque sa version, opposée à celle des petites Simard, ne pèse pas lourd pour le disculper. La philosophie grecque et les syllogismes ne devraient-ils pas l'aider à dénouer pareille impasse ? Alors, il pense à Mireille. Elle sera sympathique à sa cause et, sûrement, pourra lui porter secours.

Il entend soudain la sonnerie de l'entrée, suivie du bruit de pas pressés dans le corridor et la voix de maman à travers la porte:

— Viens au salon. Quelqu'un est là qui veut te voir absolument.

Quand il entre dans le salon, il est estomaqué. Elle est là, elle est venue en personne alors qu'à l'instant même, il pensait à elle. Voilà le signe qu'il attendait. Voilà son ange, sa bienfaitrice. Elle pourra certainement l'aider. Ne l'a-t-il pas respectée au-delà de ses propres désirs? Ne lui a-t-elle pas juré une amitié fidèle? Elle le connaît, elle comprendra. Il se sent soulagé. À ce moment précis, il ne l'en aime encore que davantage. Elle s'est assise sur le sofa et a déposé sur ses genoux un sac au contenu plat. Un livre? Luc sourit:

— Bonjour, Mireille. Je suis si content de te voir!

Il amorce un mouvement vers elle pour aller lui faire une bise, mais elle recule imperceptiblement sa tête, froide et triste. Sur un ton neutre, elle raconte qu'elle a vainement tenté de le joindre au téléphone. Sa mère a répondu qu'il n'était pas disponible, qu'il faisait une sorte de retraite fermée. Il lui a fallu beaucoup insister pour entrer tout à l'heure. Elle a expliqué à la mère de Luc que c'était extrêmement important, qu'il fallait qu'elle lui remette quelque chose qui, autrement, pourrait causer des problèmes s'il tombait en d'autres mains. La mère voulait récupérer l'objet, disant qu'elle le remettrait elle-même à son fils. Mireille a refusé; il fallait qu'elle le rende en main propre avec un court entretien.

Sans faire durer le mystère, elle sort du sac l'objet en question: le journal qu'elle avait pris par inadvertance, sur la table du café-terrasse, le jour du dernier examen. Elle l'a gardé avec elle tout ce temps, sans l'ouvrir, puis, après la soirée du bal, trop intéressée de connaître Luc davantage et trop curieuse de savoir qui était Joëlle et quelle sorte de relation Luc entretenait avec cette fille, elle a déchiffré les pattes de mouche, elle a lu. Tout lu. Maintenant, elle a honte et surtout, elle regrette.

— Ce n'est pas grave, s'empresse de répondre Luc. Je m'en fous que tu aies lu mes réflexions oiseuses et dérives cérébrales. Ce qui compte, c'est que tu sois là, maintenant, parce que tu vas pouvoir m'aider à me sortir d'un fâcheux sac de nœuds.

Inquiète, elle demande de quoi il retourne. Celui-ci s'emballe:

— Imagine-toi qu'on m'accuse d'inceste avec ma petite sœur. Toi, tu me connais assez bien pour leur dire à tous que c'est faux.

Elle ne répond pas et se contente d'écarquiller les yeux.

— Je comprends que tu sois surprise, reprend Luc. Si tu savais comment je me sens mal. Personne ne croit ce que je raconte. J'ai besoin de quelqu'un qui témoigne en ma faveur. Toi, ils te croiront. S'il te plaît, fais-le. J'ai des problèmes...

Elle secoue doucement la tête puis l'appuie contre ses mains et dit confusément qu'elle est la dernière personne à pouvoir l'aider dans cette histoire d'accusation d'inceste et elle s'étonne qu'il ait pensé à elle.

— Et pourquoi pas? demande Luc au bord du désarroi.

— Mets-toi à ma place, relis objectivement ce que tu as écrit... Ton histoire avec tes deux sœurs m'a semblé plutôt tordue. C'est trop délicat et tellement bizarre. Oui, je pense que tu as des problèmes. Tu dois te faire aider, mais pas par moi.

L'air profondément déçu, elle dépose le journal sur la table du salon en lui conseillant de ne pas le laisser traîner. Puis, avant de partir, elle ajoute:

— Bonne chance, Luc. J'aurais voulu aller plus loin…

Qu'est-ce qu'elle a bien pu interpréter à la lecture de ce journal? En hâte, Luc s'enferme de nouveau dans sa chambre et entreprend la lecture d'une seule traite des entrées qu'il a faites au cours de l'année. Merde! Qu'aura-t-elle cru? Qu'il est amoureux d'une morte, Joëlle, sa propre sœur et que, maintenant, il essaie de la retrouver dans sa plus jeune sœur? Qu'il est un violent en puissance? Qu'il est aliéné? Elle n'a pas pu comprendre de qui il était réellement amoureux, puisque jamais son nom à elle n'est révélé. Consternation! À présent, il ne peut plus compter sur elle. Il lui faudra vite se tourner vers quelqu'un d'autre pour obtenir du secours. La situation devient de plus en plus urgente. Et la fameuse loi du retour? Ne pouvait-elle lui venir en aide présentement, pour lui rendre justice? Et sa mère qui lui a dit, l'autre jour, lui en devoir une… Maman!

Plus tard, il est surpris par des coups discrets à la porte. C'est maman qui apporte une assiette: le souper. Il y a davantage de cernes sous ses yeux, sa voix est brisée, sa chevelure, décoiffée. Elle préfère que Luc mange dans sa chambre, qu'il reste isolé pour les prochains jours, jusqu'à ce qu'une décision soit prise. Elle est tellement angoissée qu'elle ne sait plus quelle mèche de cheveux tordre. Sans même le regarder, elle tourne rapidement sur ses talons pour regagner au plus vite la cuisine.

— Maman, ne pars pas tout de suite. S'il te plaît, écoute-moi.

Maman ne bouge pas et il la sent plus que suspicieuse. Regagner sa confiance ne sera pas une mince tâche. Luc prend une bonne inspiration et poursuit calmement, relatant les faits, expliquant les moments où il s'est retrouvé avec Mag ; circonstances que les petites Simard ont tordues. Elles ont médit sur son compte. Maman écoute sans parler. Il lui demande ce qui la fait douter. Elle secoue la tête et se tait toujours. Malgré ses intentions de garder son sang-froid, les sens de Luc s'échauffent peu à peu, un peu trop et il hausse le ton pour insister.

— Pourquoi tu ne dis rien ? Pourquoi tu ne me crois pas, moi, et tu les crois, elles, les petites Simard ? Tu avais dit m'en devoir une, c'est maintenant ou jamais ! Sais-tu ce qui m'attend si tu ne fais rien ?

Maman, prise d'un agaçant tremblement, ouvre enfin la bouche :

— Et ces propos que tu as tenus à ta petite sœur, ces gestes odieux, cette volonté de toujours vouloir être avec elle et de jouer à ses petits jeux, à ton âge… J'aurais dû me douter. En plus, il y a les menaces que tu as faites aux jumelles Simard, la violence que tu as manifestée envers elles pour une histoire de fourmis! Tu vas me dire que c'était en toute innocence! J'ai trouvé dans ta chambre des dessins d'un sadisme épouvantable. Tu joues sans cesse des rôles, tu ne vis pas dans la réalité. J'ai communiqué avec Mme Bélanger, ton enseignante, qui m'a parlé de textes inquiétants écrits de ta main. Elle m'a dit que tu avais besoin d'aide psychologique. Et un autre professeur, M. Ménard, a raconté que tu dessinais des choses horribles pendant tes temps libres. Peut-être qu'en plus, tu es schizophrène! Je ne sais plus qui tu es : un fils hypocrite, un frère abuseur, un monstre tout juste bon à être enfermé!

— Quoi! Moi, un monstre à enfermer! Si on enfermait tous les gens qui aiment et défendent leur sœurette, il n'y aurait plus grand monde dans les rues!

— Le problème, dans ton cas, c'est qu'on ne parle pas d'un amour fraternel normal, mais d'un crime très grave! Est-ce que tu comprends?

— J'aime ma petite sœur... j'essaie par tous les moyens de lui faire plaisir! commence Luc qui tente en vain de se ressaisir. Eh bien, qu'on m'enferme pour le bon crime avec cette petite sœur: celui d'avoir tué sa mouche! Voilà la vérité! C'est de là que me viennent tous les problèmes et tu le sais, toi!

— Tu divagues! Il n'est pas question ici de la mort d'un insecte, mais de comportements inacceptables, abominables. Tu n'es plus le même, tu ne seras plus jamais le même. Le problème, c'est toi, c'est l'INCESTE!

Les cris de maman ont tôt fait d'alerter Mag qui, sur le pas de la porte, a entendu les dernières paroles. Elle se sauve en courant, affolée par ce qu'elle vient d'entendre. Catastrophée davantage, maman s'apprête à sortir de la chambre pour rejoindre Mag qu'elle veut réconforter au plus vite. Mais juste avant de sortir, elle lance:

— Luc, prépare tes affaires. Il va falloir que tu quittes la maison!

La panique s'en mêle et Luc se redresse d'un bond. Pas question pour lui de quitter le domicile. Il trouvera bien un moyen, quelqu'un pour l'aider. Si Joëlle, Mireille et maman ne peuvent le faire, il se tournera vers Mag. Elle seule pourra le sortir de ce pétrin. Elle doit parler et dire la vérité. Mais alors, il faut faire vite, aujourd'hui même. Demain, il sera déjà trop tard puisqu'il ne pourra peut-être plus la voir ni même communiquer avec elle. On l'en empêchera, pour sûr. Mais Mag s'est enfermée dans sa chambre que maman tente de déverrouiller avec une pince à cheveux. Des murmures, des pleurs traversent la porte. Maman supplie Mag d'ouvrir, mais l'enfant refuse, dit qu'elle a trop peur, que son frère est un monstre et qu'elle ne veut plus le voir. Au bout du corridor, Luc assiste impassible mais révolté à la scène. Maman réussit enfin à ouvrir la porte et rejoint Mag qui, enveloppée d'une doudou, s'est tapie au pied de son lit. Dans le corridor, Luc approche en silence. Sa mère lui tourne le dos et ne peut le voir venir. Il reste là à écouter, quelques secondes, et se désole de constater l'état déplorable de sa pauvre Magali. Quel coup de grâce ont donné les petites Simard avec leurs histoires! C'en est trop. Il avance sous le cadre de la porte et parle rapidement à sa sœur malgré les signes de sa mère lui ordonnant de déguerpir.

— Mag, s'il te plaît, dis à maman que les petites Simard ont raconté des mensonges pour se venger, des choses méchantes à mon sujet. Dis-lui la vérité, sinon, nous ne pourrons plus jouer ensemble, plus jamais nous voir, ça va briser toute ma vie. J'ai besoin de toi.

Mag se fâche :

— Toi aussi, tu m'as raconté des mensonges! Je le sais! Quand j'ai vu ton amie Caroline sur le sentier, l'autre soir, elle avait oublié d'enlever une fleur dans ses cheveux, la même fleur que la fée! Le menteur, c'est toi! Et tu es sadique!

Maman, exaspérée, montre à Luc la porte de sortie et lui intime l'ordre, sur un ton sans équivoque, de préparer immédiatement ses affaires et de ne plus sortir de sa chambre!

Le lendemain, M. Rondeau, l'intervenant de la DPJ, annonce à Luc une sentence qui le désarçonne : pour la sécurité de la petite Magali et pour mener l'enquête dans les meilleures conditions, le directeur de la protection de la jeunesse doit retirer Luc du milieu familial et l'envoyer en foyer d'accueil avec interdiction formelle d'approcher Magali. Ensuite, on évaluera son cas et on fera le nécessaire pour lui accorder un suivi en thérapie individuelle ou de groupe. Luc est défait. Seul. Il a préparé sa valise, personne ne l'a aidé. Plus tard, un taxi viendra le prendre pour l'amener au bureau de la DPJ afin que soit organisée sa transition vers un foyer d'accueil. Maman lui a ordonné de ne pas sortir de sa chambre avant l'arrivée du taxi. Il attend. Le temps passe lentement, Luc regarde les chiffres lumineux s'égrener sur le cadran de son réveil, minute par minute. Il ressasse le dérapage des événements. Il a mal au cœur, au ventre et, pour la première fois depuis la mort de Joëlle, il se laisse aller à ses pleurs. Plus de quatre années de larmes refoulées. C'est qu'il a peur, peur de lui-même, de sa colère déclenchée par tant d'incompréhension. À croire que les autres s'acharnent sur lui alors que, tout le temps, il s'est efforcé de se montrer affable et généreux, de faire semblant que tout allait bien. Plus d'une heure passe, puis deux. Ce retard n'est pas normal. Tout lui échappe.

À 11 h, quelqu'un frappe à sa porte, l'ouvre. C'est papa.

— Luc, tu peux défaire tes valises, relaxer. Tu ne partiras pas. Attends-moi deux minutes, j'ai quelque chose à te faire entendre, mais avant, je vais chercher ta mère.

Il revient avec maman à qui il demande de s'asseoir et d'écouter, simplement. Il dépose ensuite un petit appareil enregistreur sur le bureau de travail et le met en marche. On entend d'abord la voix de papa qui parle à Magali, lors d'une conversation de petit déjeuner, sans doute, puisqu'on entend des cliquetis de vaisselle, des rôties qu'on croque, des céréales qui croustillent. Doucement, papa converse avec sa fille, sans pression, sans intention marquée, mais il oriente le propos avec stratégie.

— Est-ce que tu sais si Monsieur Rondeau reviendra aujourd'hui ?

— J'espère que non !

— Pourquoi dis-tu ça ? Tu ne l'aimes pas, Monsieur Rondeau ?

— Non, il ressemble à un vieux pruneau ! Il me pose toujours des questions sur ma vie privée : les jeux que je fais avec Luc, nos secrets… Blablabla… C'est pas ses affaires ! Moi, je veux pas lui parler, à Monsieur Rondeau !

— Tu ne veux pas lui confier tes secrets et ceux de Luc ? Tu trouves que ce monsieur est trop curieux ?

— Ouais! Bien trop. Luc, lui, il me raconte des histoires, des contes de fées, de sirènes, il fait des cimetières pour mes mouches. Même si je sais que ce n'est pas toujours vraiment vrai, moi j'aime ça. C'est beau dans ma tête. Monsieur Rondeau veut que je lui dise toutes les histoires avec Luc. En plus, il veut savoir si Luc m'a touchée entre les jambes, la vulve, les fesses. On dirait qu'il veut des histoires inventées, pas vraies. Je pense qu'il veut que je lui raconte des histoires de sexe, mais là, c'est pas la même chose. Ça doit être une sorte de vicieux. Alors, je veux plus le voir.

— Des histoires pas vraies... parce que Luc ne t'a pas touchée là où il ne faut pas?

— Juste des petites tapes sur les fesses, comme celles que tu me donnes aussi. Ça me dérange pas.

— Pourquoi as-tu dit à maman que Luc était un sadique?

— Parce que Luc a tué ma mouche, Grisella. Au début, j'étais très fâchée. Maintenant, c'est pardonné.

— Et pourquoi Luc te fait-il tellement peur?

Après un long moment d'hésitation, la voix fluette de Magali reprend:

— J'ai peur parce que maman et d'autres ont dit qu'il devenait une sorte de monstre. C'est vrai. J'ai remarqué qu'il avait commencé à changer. Maman a même dit qu'il devait partir de la maison parce qu'il faisait l'insecte. Elle a crié: «Le problème, c'est toi! L'insecte!» C'est ma faute parce que depuis la mort de ma mouche, Grisella, que Luc a tuée, j'étais tellement fâchée que j'ai souhaité qu'il soit changé en mouche, comme dans le film que j'ai vu l'autre jour.

— Quel film?

— *La Mouche*.

Dans ses mots, elle raconte le scénario de cette impressionnante histoire d'un savant qui fait des expériences de télétransportation. Il est rematérialisé dans une cabine où une petite mouche était entrée sans que le savant s'en soit rendu compte. Alors, quand il ressort de la deuxième cabine, il se recompose avec des cellules de mouche et il commence lentement à se métamorphoser en insecte. L'horreur!

— C'est pareil pour Luc! poursuit Magali. Il commence à avoir des poils dans la figure, sur le ventre et même dans le dos. Ses yeux sont plus rouges qu'avant et même sa voix a changé. Tu as remarqué? Et puis, son pied tout enveloppé de bandages, je sais bien que c'est parce qu'il se transforme en patte de mouche. C'est terrible! Mais il me restait une chance de le sauver.

— Comment? demande papa, vraiment intrigué.

— J'ai pris le petit sachet de poudre, celui qui était dans le corps du lutin d'argile que Luc m'a donné l'autre jour. Dedans, il y avait une poudre magique, des restes de lutin que Luc m'a dit. Quand on lance la poudre dans l'eau, on peut faire un souhait en pensant très fort à ce qu'on veut. Alors, j'ai lancé la poudre dans l'eau de la toilette parce que je n'ai pas la permission d'aller au marais toute seule. J'ai fait partir la toilette en disant: «Faites que Luc ne devienne pas un insecte.» Je ne veux pas qu'il parte de la maison. Est-ce que tu crois que ça va marcher?

— Oui, sûrement. Luc n'est pas un menteur, juste un bon conteur.

À la fin de l'enregistrement, Luc a les larmes aux yeux. Il regarde son père avec reconnaissance:

— Papa, tu m'as sauvé.

Papa rit et répond:

— Pas du tout, tu as été sauvé par de la poussière de lutin! Tes propres histoires!

Puis il poursuit ses explications à propos de la petite enquête qu'il a menée de son côté. Plus il parle, plus ses phrases sont entrecoupées de rires. Il rit comme jamais Luc ne l'a entendu rire. Au bout de quelques minutes, il reprend son souffle et raconte qu'immédiatement après cette conversation avec Magali, il est allé rencontrer Caroline, laquelle a rapporté les faits lors de la sortie au marais des Brumes. Elle a relaté la chute de Magali à vélo et les soins que lui a prodigués Luc. Elle a été ferme : les petites Simard ont inventé ou mal interprété les paroles et les gestes. Ce matin, il est même allé voir Mireille, de qui il a obtenu l'adresse par Caroline. Celle-ci n'a dit que du bien à propos de Luc, qu'il était le gars le plus correct qu'elle ait connu et qu'il ne ferait jamais de mal à une mouche.

— Je n'ai jamais cru à ça, moi, cette histoire d'inceste, conclut papa.

Maman se lève et serre très fort Luc dans ses bras, s'excuse. Puis elle s'approche de papa, lui prend doucement le bras et laisse tomber sa tête sur l'épaule de son mari. Papa l'étreint contre lui. Luc respire, maman pleure, papa rit. Il suggère :

— Si on allait dîner au restaurant, toute la famille ?

13

TUER UNE MOUCHE

Papa amène son petit monde au restaurant, sur une terrasse ensoleillée. Dehors, il fait un temps jaune et bleu. Luc, enfermé dans sa chambre depuis les derniers jours, est aveuglé par la luminosité soudaine, ses poumons ne sont pas assez grands pour goûter tout le bon air. Il se sent comme le scaphandrier qui a manqué d'oxygène et qu'on remonte à la surface. Il inspire, il est vivant.

À table, Magali lui raconte les exploits de sa grenouille qui pourrait gagner des concours de grimace puisqu'elle a la langue longue comme ça. Tout le monde rit. On sent une ambiance de fête, comme au temps de Joëlle.

Soudain, une mouche vient voler autour des assiettes, se pose tantôt sur le beurre, tantôt sur un verre, tantôt sur une tête. Magali s'énerve un peu. Alors, Luc lui explique qu'il est un champion attrapeur de mouches, qu'il a même déjà sauvé une jeune fille d'une mort certaine juste en captant dans sa main, sans la tuer, une mouche qui s'était posée sur ses cheveux. Comme Magali n'en croit rien, Luc va lui prouver qu'il en est capable. Il observe le vol de l'insecte qui se pose sur la main de Magali. D'un geste rapide, Luc balaie l'air juste au-dessus de la menotte et enferme la mouche dans sa paume sans l'écrabouiller. Magali, impressionnée, le regarde avec de grands yeux. Il demande ensuite à sa sœur de joindre ses deux mains pour en faire un petit abri. Dans un geste délicat, il fait passer la mouche dans les mains de sa sœur. Celle-ci est enchantée comme devant un magicien dont on ne comprend pas le tour. Puis elle comprime ses deux paumes l'une contre l'autre et voilà l'insecte aplati comme une crêpe. En riant, Magali dit:

— Ce sera un bon dessert pour Bedaine!

ÉPILOGUE

Chère Joëlle,

Je crève l'abcès.

Quand j'ai commencé l'école primaire, nous habitions à la campagne, loin des voisins. À cet âge, il en faut peu pour que l'univers bascule. Je ne connaissais rien de l'école, encore moins des enfants de l'endroit qui, eux, semblaient se fréquenter depuis des lunes. Une seule jeune fille avait le pouvoir de m'apporter un peu de réconfort dans ce monde étranger qu'était l'école Notre-Dame-du-Rosaire : toi. Malheureusement, tu avais déjà fait ta première année et tu étais inscrite en deuxième, dans une autre classe où tu avais tes amies. Or, après la récréation, tu n'étais plus là et j'étais perdu. Ma fierté de six ans, grosse comme un pois, ne résistait pas longtemps. Après une heure loin de toi, je me mettais à pleurer tout bas dans la classe. Mademoiselle venait et me prenait doucement par l'épaule : «Pourquoi tu pleures?» Et je répondais : «Je m'ennuie de ma sœur.» Mademoiselle m'avait alors montré la grosse horloge devant la classe et m'avait appris à lire l'heure : 15 h 30, le moment où je te retrouverais enfin. Je faisais le compte à rebours. Toi, tu savais me défendre des autres qui, continuellement, s'en prenaient à ma sensiblerie, à ma maigreur. Je ne comprenais pas pourquoi mes petits bras et mes jambes fluettes les rendaient méchants à mon égard. Quand tu étais là, je me sentais plus fort, je pouvais être moi.

Le jour où tu es partie pour l'école secondaire, j'avais hâte de terminer ma sixième pour pouvoir te rejoindre de nouveau, te suivre dans la cour de récréation, à la cafétéria et, surtout, prendre le même autobus que toi.

Bien vite, tout cela a tourné au cauchemar. En fin d'après-midi, je devais courir à mon casier, loin au fond de l'école, avant de me rendre à l'autobus. Lorsque je montais, l'un des derniers dans le véhicule, tous les sièges étaient déjà occupés. Mais, Alléluia ! Il restait l'espace d'une fesse dans le siège que tu occupais avec ta grande amie Éva, place qu'avec joie je m'empressais de prendre. Avoir une petite place, au secondaire, avec une personne qu'on connaît et qu'on aime, c'est éviter l'exclusion et la solitude. Même si tu ne me parlais pas, quand j'étais près de toi, j'existais, j'étais moi et j'étais en sécurité.

Soir après soir, j'étais réconforté de pouvoir compter sur cette petite place jusqu'au jour où tu m'as demandé, avec toute ta franchise, de m'asseoir ailleurs : « Les autres rient de nous parce qu'on est toujours collés ensemble. Ils disent qu'on est amoureux. Trouve une autre place. » J'étais le rejeté, le vilain petit canard, le lépreux. Le soir, avant de m'endormir, j'ai imaginé une scène où je ne cessais de te pousser en répétant : « Je ne suis pas amoureux de toi. Je te déteste, je te déteste ! Sors de ma vie ! »

Je t'en ai tellement voulu que j'ai souhaité avec ferveur : « Qu'elle meure ! Qu'elle meure ! »

C'est arrivé. Le jour suivant ce terrible souhait, alors que nous attendions l'autobus au bord de la rue, je te tournais le dos, faisant semblant de jouer avec mon haki. Je ne voulais pas te voir et je ne pouvais voir non plus l'automobile qui arrivait trop vite. Toi si. Tu as eu le temps de me pousser pour me sauver. C'est toi que la voiture a heurtée. Sous mes yeux. Tu as poussé un cri, le dernier, je l'entends encore. Puis tous les élèves se sont mis à crier.

Morte sur le coup ! J'étais en état de choc. Il n'existe pas de mots pour exprimer à quel point je regrette, la peine que j'ai. Là où tu es, m'as-tu pardonné ?

C'est la dernière fois que je t'écris. Tu es morte et je ne peux vivre pour toi. Je n'ai pas de pouvoir magique pouvant influencer la vie des autres, ni même la mienne.

Je croyais avoir les yeux d'une mouche à qui rien n'échappe. J'étais aveugle. Je ne voyais même pas la détresse de mes amis les plus proches.

Et puis, tu avais raison : porter sans cesse des masques n'est pas une solution. J'abandonne tous ces rôles que je ne peux plus tenir.

Aujourd'hui, je crois que l'accident qui t'a emportée n'était pas de ma faute. Le conducteur t'a heurtée comme il aurait frappé une mouche. Il ne t'a jamais vue. Il est temps que je le comprenne. De toute façon, plus j'essaie de me racheter de ta mort, plus je m'anéantis moi-même.

Il fallait que je l'écrive, que ça sorte afin de m'exorciser de ton spectre. Surtout, tu ne dois pas prendre la place de celle vers qui je veux aller coûte que coûte. Elle m'a téléphoné ce matin pour prendre de mes nouvelles.

Adieu
Ton petit frère qui t'aime.

Il ouvre le journal pour disposer les pages tout autour de la reliure en spirale, le dépose au fond d'une poubelle de métal et y met le feu.

TABLE DES MATIÈRES

Les titres de la collection Atout

* Lecture facile   ** Lecture intermédiaire   *** Lecture difficile